中山诗歌地图

夏志红◎著

天津出版传媒集团
百花文艺出版社

图书在版编目(CIP)数据

中山诗歌地图 / 夏志红著. -- 天津 : 百花文艺出版社, 2023.9
ISBN 978-7-5306-8657-7

Ⅰ. ①中… Ⅱ. ①夏… Ⅲ. ①诗集-中国-当代
Ⅳ. ①I227

中国版本图书馆 CIP 数据核字(2023)第 164369 号

中山诗歌地图

ZHONGSHAN SHIGE DITU

夏志红 著

选题策划：王 欣
责任编辑：于静筠　　**装帧设计**：景秀文化
出版发行：百花文艺出版社
地址：天津市和平区西康路 35 号　邮编：300051
电话传真：+86-22-23332651（发行部）
+86-22-23332656（总编室）
+86-22-23332478（邮购部）
网址：http://www.baihuawenyi.com
印刷：四川科德彩色数码科技有限公司
开本：880 毫米×1230 毫米　1/32
字数：180 千字
印张：9.25
版次：2023 年 9 月第 1 版
印次：2023 年 9 月第 1 次印刷
定价：78.00 元

如有印装质量问题，请与四川科德彩色数码科技有限公司联系调换
地址：成都市郫都区成都现代工业港北片区港北二路 551 号
电话：（028）86009394
邮编：610000

自序：用诗的语言与一座城市对话

“老夏，我在读你的诗!”大清早，微信里久未见的老朋友把这消息告诉我时，我还是有点激动的。我马上问：“您在哪里捡到我的诗集?”老友悄悄告诉我：“博雅书店。”我愧疚地回答：“浪费你的银子。”

说归说，心里还是很高兴的。近年重拾文学梦，2016 年 5 月 13 日一晃从死亡线上重生 7 年，儿童心态的诗集《经过爱情》《花山岭》《他乡是故乡》陆续出版，少量存书摆上博雅、瑞德书店，还有少量读者喜欢，也是一种莫大的安慰……

谢谢亲爱的读者，中山是我继惠州、深圳的第四故乡，我在此生活的时间最长，还要继续生活下去，包括子子孙孙。于是，我更爱这座城市！871 年历史文化名城，我为它的今天和明天做点什么呢？告诉朋友们，我正在创作诗集《中山诗歌地图》，准备用诗歌为这座名人城市立传，为中山文化兴城奉献一点微薄之力。

地名是人类用来识别不同地方的语言符号，同时也是一种文化符号，它是人们进行社会活动交往的工具，也是珍贵的文化宝藏，用诗意吟唱地名，更是一种返璞归真呼唤灵魂深处精神坐标的回归。苍天之下，大地之上，地名是山水、城市、村庄的符号。中国是一个最讲究地名的国度，地名凝聚着中华民族的精神和情感、思想和道德、智慧和价值的统一体，蕴含着丰富的文化内涵，对山岭、溪渠、湖塘、风景名胜、古代遗址、高庙寺宇以及街巷道路的命名是我国悠久历史、灿烂文化的生动写照。这些古老的地理符号，是活生生的历史画卷，展示了漫漫历史长河中，中华民族文化的磅礴和沧桑。万事万物，是有灵性的。地名的天性，与生俱来，它与人名的灵性一样，融洽和谐相处在人类大自然里，血肉相连，呼吸与共，命运同生，心性共存。

中山古称香山，又叫铁城，是有 871 年历史的文化名城，是全国唯一一座用伟人孙中山命名的城市。中山新旧十景，处处有诗情画意。铁城被诗意熔化，香山被诗歌熏陶。我徜徉在这伟大的城市里，花七年时间天马行空创作的《中山诗歌地图》，涉及中山的人文景点、山水名胜、街巷乡镇、名企老店、田野乡村……在创建全国文明城市的热潮中，我为“文化兴城”中山这座城市立传，抒写中山小康生活样本的壮丽诗卷，用新诗吟唱“敢为人先”的中山精神，以表达我对中山的山山水水的无限热爱。

用诗的语言与一座城市对话，这种通灵空性的内心对白，是我对这座城市的热爱，更是我对这座城市人民的敬爱。二十多年的中山生活，我记住了中山的一草一木、一街一巷、一村一镇，我用脚步丈量中山这片红色的热土，用心血讴歌这片热土的勃勃生机。尽管文字表述显得有些单调幼稚，但中山人民健康美好生活的日子，总激活我诗意盎然。为时代而歌，为生活而诗，把平凡生活过成诗一样的日子，一直是我对美好生活向往的矢志追求。

美丽中山，投资热土。经济强市，文化兴城。身处大湾区枢纽的中山，是我热爱的地方。在诗集出版付梓之际，感谢著名军旅作家、诗人、首届鲁迅文学奖诗歌奖获得者、中国诗歌学会副会长、中国作家协会诗歌专业委员会委员王久辛老师题写书名；感谢著名作家、第六届鲁迅文学奖获得者、湖南省作家协会原主席、中国作家协会主席团委员王跃文老师题字卷一“绿美中山”；感谢著名诗人、中国诗歌学会副会长、湖南省诗歌学会首任会长梁尔源老师题字卷二“香山古韵”；感谢湘籍著名军旅作家、诗人、解放军报社文化部原副主编大校喻晓老师题字卷三“品牌新貌”；感谢著名作家、书法家、湖南文艺出版社社长、《芙蓉》杂志社社长、主编陈新文老师题字卷四“诗里田园”；感谢中国香港诗人施维女士作跋。同时，要特别感谢各位战友、企业家对《中山诗歌地图》正式出版的热情支持；感谢乡贤湖南三湘智谷技术有限公司总经理谭正英先生的鼓励；感谢在华南理工大学学习的女儿夏雅清的校对和精神激励，使我这棵幼苗在美丽的中山茁壮成长，开出了鲜艳的凤凰木红。

我爱中山，中山爱我，我写我诗，我思我写，热爱永远！在诗歌创作的路上，我重生已七岁，终于可上一年级了。《中山诗歌地图》，但愿您喜欢！

二零二三年八月十五日于中山

目　录

卷一　绿美中山

卷二　香山古韵

卷三　品牌新貌

卷四　诗里田园

绿美中山

卷一　绿美中山

桂山岐水，人杰地灵

名人城市中山

沿地平线磅礴而出的红日

山河壮阔

翠亨村

村子因你而闻名
你因村子而名闻

一方水土滋养一方人
孙中山，翠亨村
一个人走出村子求索真理
埋葬两千多年封建帝制
起共和而倡导三民主义
唤醒振兴中华的中国梦

梦起伶仃翠亨
建立岭南风格的民国小镇
夏风轻轻地吹，轻轻地吹
吹醒岐江，吹醒犁头尖山
深中通道横海而过
把春天的故事播种中山

早已在梦想里规划蓝图
一个新的文旅生态城项目又诞生

让多少人热血沸腾
翠亨，翠亨
当年的《建国方略》
把一座山推向它的最顶峰
香山从此叫——中山

中山，前途似锦大湾区

“兔”飞猛进
中山四季如春艳阳天
我站在热火朝天的翠亨新区桥头堡马鞍岛放眼东望
在建的深中通道像一根虎骨
直挂长虹，连接着深圳
中山虎面朝大海，春暖花开
湾区中心，投资热土
历史再一次选择中山
中山正合力驾驭粤港澳大湾区的巨轮
向高质量发展的美丽中山迈进

英雄不问出处
时间追溯到 1988 年
那是一个注定要“发发发”的日子
乘着改革开放的东风
中山顺势而为，逆风挺进
升格为地级市奋武扬威珠三角
中山抢抓机遇
开弓没有回头箭

改革开放不走回头路
敢为人先的中山人
第一个敢吃螃蟹的中山人
敢闯敢干敢创的中山人
解开天子码头的船
撬开小榄的一把锁
点亮古镇的一盏灯
建起三乡的一眼泉
洗脚上田，赤膊上阵
威力威力，够威够力
中山的精气神，从此虎啸伶仃洋
广东“四小虎”的中山样本迅速红遍全球

岁月静好
前进的路上有波潮有风浪有曲折
爬坡上坎的中山也经历了徘徊的阵痛
有高峰，就有低谷
有高潮，更有暗礁
我们善于发现，善于总结，善于自我更新
“一万年太久，只争朝夕”
历史发展的巨轮走进新时代
小康中山赢来前所未有的良机

逢山开路，遇水架桥
转作风，再出发，开新局
新发展才是硬道理

英雄气概龙腾虎跃
中山，向东向东
《全面深化前海深港现代服务业合作区改革开放方案》东风吹来
中山，向南向南
《横琴粤澳深度合作区建设总体方案》横空出世
中山“东承、西接、南联、北融”一体化融合发展大战略形成格局
抢抓先机就是东风浩瀚无垠
占领制高点就是胜利保证之本

时不我待，奋进拼搏
实干不负韶华，中山
敢闯，我们恰逢百年盛世新征程
敢干，我们赶上黄金发展新时代
敢创，我们是敢为人先的中山人
千帆竞发百舸争流
红日从东方海平线磅礴而出
照耀中山大地熠熠生辉

天宫空间站

2021 年 10 月 16 日 0 时 23 分
神舟十三号载人飞船
载着我的战友翟志刚王亚平叶光富
离开亲爱的祖国大地
出差飞上了我们的太空

十月的火焰
长啸天穹
把三位英雄
箭送太空
六个月的信使
地与天连接
人与天命运共同
天地人和
开创新时代

183 天的牵挂
几回回梦里
我们眺望太空

欢迎回家
成了我们生活日常的期盼

聚，总有离别的时候
缘，天地因人连成一体
玉帝捧出桂花酒
嫦娥飞舞袖
百花仙子簇簇相送
雷公电母开路
风调雨顺送春归
一年十二月
你们改写时光
争回人间四月天

出差六月
2022 年 4 月 16 日 9 时 56 分
神舟十三号载人飞船返回舱成功着陆
亲爱的三位战友出差平安回家
峥嵘岁月
神州华夏神舟创造奇迹

看着我亲爱的战友
平安出舱
我从你们自信的笑容里
感受到伟大中国的精神
祖国的怀抱欢迎你

父母的怀抱接纳你
爱人的怀抱温暖你
儿女的怀抱感动你
亲爱的战友激动的泪水激励你
你们是天之骄子
你们是时代之子
祖国和人民
感谢你！

大漠孤烟
苍穹寥廓
海浪滔滔
黄河在咆哮
长江在欢腾
昆仑在耸立
泰山在坚挺
我们的地球之家
美丽富饶
青山绿水
我们的天空之家
遨游梦想
太空空间站的家正在建筑
家与家常来常往
将成我们的常态

中国太空空间站

属于世界属于中国
属于广东属于中山
我写的中山诗歌地图
天宫空间站
也是我们的地图
天空、地面、海水
都是我们神圣的领域
领陆、领水、领空
我们寸土寸金坚守捍卫

欢迎回家
北京变成了欢乐的海洋
中国变成了欢乐的海洋
欢迎回家
2022 年最温暖的问候
黄皮肤在欢笑
中国，中国
屹立在世界的东方
中国，中国
磅礴伟力震撼世界
中国，中国
自信满满自强自立

石　岐

山多石，水多岐
泛石岐海
用汗水搬起石头垒牢基脚
用松树皮搭起避风港
用茅草稻草遮盖成家
我们的先辈沿岐江河填海造田
烟墩山文塔下四周炊烟袅袅
一代一代滚石下山
一代一代沧海桑田
一代一代精耕细作
美丽的石岐
建成了我们温暖幸福的家园

火炬开发区

八百多年铁城中山的东部
有一支熊熊燃烧的火炬
三十而立唱大风
喷薄而出的新时代高擎前行
他的名字叫火炬高新开发区

康乐大道
摸着石头过河
在沙田水道闯一条新路
奋斗的汗水铺出康乐大道
幸福的生活比花儿还美好

得能湖
得能莫忘
海纳百川的胸襟
五湖四海的气度
凝聚成精气神融入大湾区创盛世图腾

健康花城

十年树木百年树人
一生一世一宅
千年修来的洪福安居乐业
万年修到的清福健康幸福

华佗山公园
金山银山不如绿水青山
金杯银杯不如百姓口碑
望闻问切大健康华佗再世
不忘初心改革开放再出发

横门水道
珠江水滚滚东流经横门水道流入伶仃洋
咸水歌世世代代薪火相传唱出丰收凯歌
忆当年逢山开路闯荡南洋的风骨
看今朝遇水架桥深中通道写风流

翠亨新区

天地人，三皇一统
红黄蓝，三原色配
天蓝色的天，一望无垠的蓝
海蓝色的海，一望无际的蓝

水天一色，此刻，蓝是她永恒的本色
在翠亨新区，海天相接，山清水秀，那片翠
就是翠亨最美丽的底色

青绿的山色，碧绿的水色
九峰环抱，七水汇聚
深中通道那一支挥毫巨笔
蘸点兰溪河畔那纯洁的墨汁
浸淫犁头尖山千年的风骨
如一块脱胎换骨的画布
描绘孙中山故居翠亨村的崭新蓝图

天人合一，诗意田园的龙田
知行合一，赤橙黄绿青蓝紫
五彩缤纷的翠亨新区
美丽　文静　智慧　安详
青出于蓝胜于蓝
活力翠亨面朝大海
春暖花开

东　区

东区
只是中山的一个方向坐标
我绞尽脑汁组词组句
也没有找到合适的形容
长江水库
紫马奔腾
紫气东来
向未来
香山的根脉
仁厚永乐
像初升的太阳
东区在中山如旭日东升
引领高质量发展风向标
未来可期

西　区

等天色暗下来
白天的笑声飘落在街边

路灯亮的时候
沉默的猫像醉龙摇曳西区
它不知道哪边是岐江
也不知道哪里的房子更贵

长洲烟雨 烟洲书院
黄氏大宗祠嗅它的气味
然后问国际、喜来登、白朗峰
你喜欢我吗
喜欢我的岐江公园
商场住宅还有宽阔的路吗

猫想了想
认真回答道
我喜欢蚝墙边的烧烤摊
后山温柔的孩子和旧的树
更喜欢岐江流入辽阔的伶仃洋

南　区

山在说话
水在说话
姑娘们在村口边唱起咸水歌
我的家乡哟，我的梦想
碉楼、石街、庙宇、宗祠
传统文化积淀文化自信
沧海桑田变了模样
小康生活是我们的幸福

天在说话
地在说话
小伙子在村口挖起致富路
我的家乡哟，我的希望
洋楼、厂企、高速、外资
改革开放拓宽开放视野
乡村振兴换了新颜
美好生活是我们的向往

沙　溪

聚沙成塔，小溪成河
沙溪隆都小桥流水人家
当我在福田酒楼抓起两个寿桃的时候
峰下草根使劲在圣狮村头的美食店
很男人味地搅拌着艾叶
桌面滚动的鸡蛋和馅料
经过外来媳妇梅儿灵巧的双手
糅合出酸甜甜咸淡淡的田艾包
让人饱受口福
休闲服装之都的沙溪
夫唱妇随的爱情婚姻进行曲哟
圣狮村牌坊上刻的“期颐偕老”早已成经典
滨河公园红杉美如画
一河两岸像挺立的哨兵
护卫着绿水蓝天
滋润着人们温润的肺
美丽小康的沙溪
涓涓细流汇成水涨船高的壮丽山河

港　口

看不到琳琅满目的货船
但这里确确实实叫港口
出生的姑娘叫港姐
出生的小伙子叫港仔

与石岐一河之隔
过光明桥就是港口
火炬的吞吐量很结实
港口的明天纳入岐江新城

小　榄

小榄不小
我在锁具行业企业家的名片看到
“中国小榄”印上赫赫有名
压根儿跳过了广东，跳过了中山

小榄很小
“非常小器”的品牌
直接摆到了总理的台前
让世界为之惊叹
仅一把指甲钳而已

在小榄、大榄搭建的双美桥上
我梦中邂逅了菊花
虫鸣，鸟啼，你在百花里呢喃
纵横阡陌田洞里的田螺姑娘哟
我站在小榄水道的龙山公园眺望
稻浪滚滚禾穗熟了
我在菊城弯腰去采收
凤凰木的浪漫

扰乱了水中月的波纹
满心欢喜掀开你的红盖头
小心翼翼揽你入怀

东　凤

毗邻顺德
经鸡鸭水道汇聚汪洋大海一片
谁知东凤没有心
莺歌咀悄然撩起沙滩的裙角
不是谁人不识君
东海、凤仪、凤鸣的那朵祥云
云雨下那刻骨铭心的潮
一波又一波
一浪高过一浪
梧桐树引过来的金凤凰
敢教东凤日月换新天

黄　圃

我站在中山最北部的尖峰山
鸟瞰海蚀遗址的沧海桑田
聆听时间艺术馆时钟摆渡的时光
数不清走在 36 级古道先人的脚步
望不断远走他乡古码头回眸的乡愁
那报恩禅寺知恩图报的善男信女
我就知道了黄圃的前世今生

你没有上海黄浦十里洋场的阔气
你没有广州黄埔沙场秋点兵的豪气
但我知道汪洋大海中崛起的浪花
把孤岛图腾出她特有的骨气
黄圃，像个天然的大花圃
人杰地灵、物华天宝、美丽富饶

黄圃，拳尖上的 88 平方公里土地
你养育了一代一代勤劳勇敢的人们
五金、家电和厨卫撑起了半壁江山

腊味飘香振兴乡村
幸福小康的美好生活啊
我今天要为你唱一曲美丽的赞歌

阜　沙

伶仃洋的沧桑，从一阵风开始
朦胧的视线
从海平线上抛出一束霞光
构造、堆积、冲积、侵蚀成浮虚山

南浮虚，北蓬莱
阜沙，《山海经》定格东土海燕含来的浮石山
聚沙成塔，一朵朵浪花洗涤休养生息的先民

红色阜沙，牛角乡吹起的集结号
阜沙红色，牛王庙飘扬的猎猎战旗
革命老区
留下了谢立全、谭桂明、殴初抗日打游击的烽火传奇

美丽阜沙，疍家文化
水利与农渔
社祠文化在现代与古老之间遥相呼应
乡土文明催生定向越野特色体育项目，誉满广东

皮阿诺、东菱威力，兴达鸿业、榄菊投资聚集
高质量发展的新阜沙披上了绿水青山的盛装
把水乡大地抖出满是金山银山的壮阔春涛

南　头

我从湖南一直向南
又从深圳的春天走向中山
眺望北部，东经 113°29′，北纬 22°72′
鸡鸦水道留下的坡头沙像“抓钱爪”
“北融”的南头直奔珠江口
广珠城轨、太澳高速公路贯穿全境
南头作为中山的“北大门”
头顶着中国家电产业基地之光环
却打开通向大海的蓝
长虹飞贯，奥马图腾，TCL 筑巢引凤
“百亿家电龙头”三足鼎立撑起“硬脊梁”
智能家电，悠然见南头
南头，中山之北，美丽富饶

三　角

在中山的地理上
我想起三角镇
原名三角沙
因沙坦露出水面时的状似
那是曾经新石器时代的远古
再多的解释明眼人一目了然

聚沙成塔，集腋成裘
向前奔跑的地平线
一代又一代人的追光者
打磨成珠江三角洲的金三角
道生一，一生二，二生三，三生万物
三角镇在珠江口弄潮
成就为全国综合实力千强镇

别怪我对三的数字敏感
三角沙、三角洲、三角梅、三角恋……
曾经一度在十字路口徘徊
不知有多少人疼痛过你、拥抱过你、呵护过你

调正方向此岸出发的帆船
经得起折腾彼岸上的三角梅
又开出了一片片大红亮丽的花……

民　众

十六世纪中叶，淤浅成陆
务农的、打鱼的、盲流的疍家人集聚成群
背着行囊
纵横江海组成的水乡
经年岁月沧桑生生不息
中山东部外环高速环绕车水马龙
深茂铁路如神龙穿堂起舞
甘蔗林挺立欲与高楼大厦试比高
香蕉林混搭出人来人往的香水味道
悠长回味，令人向往
银波鳞次的海水闯荡那回头一瞥
永远是他们的乡愁

民众水乡这块神奇的土地
翠绿、碧蓝、淳朴是大沙田的底色
蟹、螺、蚬、螃、鱼、虾穿梭游弋
咸水草、田葱草、车前草、红背草、黄茅草一望无尽
眼镜蛇、银环蛇、青竹蛇、草花蛇、水蛇、龙蛇混杂
香大蕉、番石榴、龙眼、芒果、木瓜琳琅满目

节瓜、冬瓜、南瓜、苦瓜、茄瓜晶莹透亮
豌豆、黄豆、黑豆、眉豆、绿豆五彩缤纷
鲻鱼、鲈鱼、鲤鱼、鲇鱼、鳊鱼鱼跃人欢
鸡、鸭、鹅、羊、牛成群结队
湘鄂冀晋赣……南南北北乡音缠绕的大民众
好一幅田园牧歌的丰收图腾
民众的“四最”精神永放光芒

三　乡

我站在三乡的土地上
列数人类文明的转移、迁徙和集聚
百度搜索三乡的原意
总是找不到满意的答案
我用诗人的智慧给它注释
三乡的本义就是乡村、乡土和乡愁

我身沾泥土从乡村而来
恬静、简单的三乡
被繁华、喧嚣所取代
我们心向城市而去
灯红酒绿的城乡一体化
稻穗脱谷酝酿美酒飘香
乡土是国土的胚胎
菜园是乡村的乡愁

坦　洲

收纳天地间的财气
在一望无际的水乡
坦洲像个聚宝盆

秋日黄昏波光粼粼
一群诗人在采摘天挂彩霞

白鹭比翼双飞的纯洁
点缀了五彩缤纷的乡村风景

风是你最会撩情的儿郎
轻轻把柔情似水的渔家少女收网到你的怀抱

奔小康路上芦苇摇曳
心中的咸水歌吟咏出疍家人口耳传唱的民间歌谣

神　湾

西江出海口磨刀门水道东岸
有一处神龙化成的天然避风港
是神仙来居住的地方
它的名字叫神湾
宛如母亲般温暖的丫髻山
让远方的游子永远记住乡愁
阔步向前引领新神湾
国家级生态镇“旅游、游艇和物流”集群发展扬美名
菠萝的氤氲回荡在渔乡
禾虫的美食飘香在港湾
风调雨顺的神湾哟
新时代神湾人赛过活神仙

板　芙

月光给你点温暖你就忘记太阳了
鸟飞过，稻香醉在秋风里
水流淌过　芙蓉花醉在手心里

我带着你站在气势如虹的板芙大桥
情侣路上数了一夜的星星
河东的小伙、河西的姑娘
牵手爱情收获水乡的粮仓　留有你的余香

鹿鸣湖的荷塘下着细雨
我以为只有湘江才有的芙蓉惊艳清纯
石岐河流淌着质朴也柔情似水

把一座金钟山种在心湖的波涛里
水波潋涟，流淌到故乡
一江春水向东流
海纳百川

五桂山

中山是一方红色沃土
承载了太多太多的革命历史
和“中山红”精神
翠亨村、五桂山、古氏宗祠……
苏北征，杨殷，林伟民，欧初……
逸仙湖流向的是一条河
湖有湖的博爱温润
五桂山面向的是一片海
海有海的博大胸怀
东方泛起的鱼肚白
永远跟随着一条红船起航
奋不顾身去迎接东方磅礴而出的太阳
太阳每天都是新的

大 涌

在小康的美好生活里
我穿越大涌的红博城

清明上河图雕刻的现实版
全国红木家具小镇的美誉流芳

喝不喝秋天的
第一杯奶茶不重要

因为我尝到了
大红酸枝下敞开心扉的甜蜜

滚在冬天暖暖的红木床里
我知道春天马上就要来了……

横　栏

横在河中的一块木头
我跨过横栏一脚
三万亩花卉苗木绿绿葱葱
四季花镇的中国花木之乡
氤氲回荡
一村一业，一镇一品
绿水青山花红柳绿的美丽
三沙、五沙、六沙十万亩营地
花海一片
西江穿过十里水乡
一河两岸四季常青风情万种

古　镇

古镇
一盏灯
照亮白昼
千年的梦想
殷实小康生活
奔向新时代幸福
灯饰古镇繁星满天

古镇
多少人来到这里
多少人离开这里
青苔的石井
讲述着一个古老的故事
古巷的灯
点亮一个世界的传奇

粤港澳大湾区（组诗）

序　诗

巨龙在中国的南海边划出个圈
诞生第四个世界级城市群
它的名字叫粤港澳大湾区
一艘打造世界经济合作的巨轮
承载着梦想和希望驶进新时代

广　州

金穗沉甸，春夏秋冬如花
把海洋文明延伸
植耕复兴梦想
“一带一路”的蓝图
彰显着华夏文明的尊威

深　圳

小渔村嬗变出大特区
深圳速度，深圳效率
演绎一个春天的故事
改革开放的跨越
再出发走向更加辉煌的明天

佛　山

因佛而名的城市
在百年陶彩上描绘新蓝图
把时光谱成新进行曲
我读不懂佛的禅意
却懂得为您挥汗如雨续写传奇

东　莞

世界工厂转型升级重焕生机
五湖四海汇聚融洽的新莞人
千年莞香里渗透我的体香
不息奔流的青春热血喷薄而出
新时代的美好生活不忘初心

惠　州

惠民之州粤东门户
苏东坡在荒蛮之地独爱西湖
葛洪在四季如春罗浮山炼丹
氤氲洪荒之力
把惠州装扮得美丽富饶

珠　海

百岛之市伶仃洋上叹英雄
举敢为人先之剑
情侣路青山碧水蓝天
生态文明的珠海
渔女欢歌幸福连四方

中　山

一座城与一个伟人同名
一个伟人带醒一族人
中华民族从此走进新纪元
兴中道上的振兴图腾
中国梦延续着盛世太平

江　门

搭座天桥
在江与海、天与地之间连接
温暖着家门之外的游子
壮哉我侨都江门五邑
海纳百川携手走进人类命运共同体

肇　庆

笔墨纸砚粘成纤绳拉船出海
岭南文化的根脉
耕植千古清风流芳百世
七星岩和鼎湖的黄金水道
沸腾着热血沿西江滚滚向东

香　港

香喷喷的江
香甜甜的海
香馥馥的港湾
香酥酥的紫荆
我站在珠江口大喊
香港，你永远是祖国的明珠

澳　门

游子回到母亲怀抱
东方蒙地卡罗
从濠江崛起的自由港
五百多年中西文明的结合
蔚蓝的海洋更加宽阔

卷二　香山古韵

历史文化名城

中山，古称香山

睁眼看世界敢为人先

岐澳古道走向海洋文明

岐江河

翠亨犁头尖山上的风云
兰溪河畔洪流滚
御前上书的倒影
顺滔滔岐江水一路北上
高擎那温暖明亮的火炬
从伶仃洋入南海，入东海
倒灌流进长江，进烟雨浩瀚的洞庭湖
在武昌烽火狼烟
自打响起义第一枪
湘江赣江珠江波涛汹涌澎湃
东方地平线上屹立不倒的旗帜
振兴中华的怒吼席卷大江南北
万里江山一片红
我们的队伍向着太阳，向着胜利
这一条神奇的天路
中华龙的图腾
从此响彻云霄威震宇宙

烟墩山

中山有座山
名字叫烟墩山
翠亨村的犁头尖山的孙中山
站在岐江天子码头
瞅了瞅那不起眼的烟墩山
心怀天下离开了他的故乡

用宋朝风骨阜峰文笔
站在石岐山的塔尖
伟人孙中山带着泱泱中华大地的文明
构筑起中华民族的脊梁
描绘出一座属于自己的山峰
比昆仑更巍峨
比长城更逶迤

天下为公矢志不渝
两千多年的封建王朝
从此永远埋葬
连接烟墩山的祖国山川天空
新中国江山如此壮美多娇

岐江桥

艰苦奋斗的铁器时代
结束了木结构的岐江桥
在铁城留下的开合式铁桥
记录着一个时代的自力更生
你立在水中央俊美如鹏
张开翅膀的帆成了中山启航的梦
把千年分割的两岸连成一片

岐江桥横亘于江面
白鹭遨空掠过
天高云淡绿水青山
白天人流如鲫，熙熙攘攘
晚上帆起桅落，渔舟唱晚
梦起岐江，桥连世界
逐浪湾区，向海而生

黎明，你逢人搭桥路通
深夜，你过河拆桥船通
岐江桥的铁规——敢为人先

生活的路，人生的桥
忙忙碌碌的匆匆过客
它是外乡人对中山的初始印象
它是华侨对家乡的心灵记忆

深中通道

你从翠亨村走出去
喜马拉雅的天路在你的蓝图里
你从翠亨村走出去
夏威夷群岛的蔚蓝是你的风景
你从剪掉辫子开始
驱除鞑虏恢复中华是你的使命
一条中山路开创新纪元

历史的车轮滚滚向前
社会主义的康庄大道宽又广
改革开放的春风吹拂祖国大地
深圳特区唱响春天的故事
大湾区美丽中山样本
中国式现代化强国道路
从天空，从地面，从海里
四通八达与世界相连

逸仙湖公园

从翠亨村踔厉笃行
你漂洋过海寻求真理的摇篮
那浩瀚星空的建国蓝图
山、河、城、街、乡、村……
江山湖天一色

战天斗地的岁月
山河巨变日月换新天
中山在烟墩山下开挖出“人工湖公园”
中山建市的那一年更名为“逸仙湖公园”
以纪念一代伟人孙中山

波光粼粼晶莹清澈的逸仙湖
湖光十色十色湖光
人欢鱼跃鸟语花香的盛世家园
正是我们对美好生活的无限向往

步行街

别奢望读懂石板路上的尘埃
踏着岐江天子码头
上岸的迎恩街
不知积淀了
多少历史的青苔
几千年的沧桑
飘落背井离乡的泪花
背回了南洋风格的群居
小城故事里的风月
被匆匆忙忙的脚步湮灭
即使脱掉鞋袜
光脚丫走在步行街道
也找不回心跳
和故乡的路

兴中道

站在孙中山纪念公园俯瞰人大办公楼的先生
穿越那清风明月风清气正
接受人民监督和洗涤的天窗无限延伸
只有起点永无终点的此路
在中山具名兴中道
那是一条打通民族、民权、民生的幸福当家路
这条富强民主文明和谐美丽的强国之道
足以告慰先生的夙愿
振兴中华，强国有我
中山人知道，中国人知道，世界人更知道
我们只争朝夕，一直奋进在兴中道上

孙文纪念公园

民族、民权、民生
孙文纪念公园的顶端
一位铜像老人拄着拐杖
用五千年的文明功力
俯瞰你的一言一行一动

政府、人大、政协履职尽责
穿透心墙接受他的明察秋毫
守住你的底线和红线
天下为公永远是你为民的本色

兴中道的图腾连接昆仑山
金钟湖的水流融进太平洋
金子山隧道通向太空宇宙
世界潮流浩浩荡荡
顺之则昌逆之则亡

西山寺

日落西山
祈祷东山再起
月落西山
自然紫气东来
西山寺从藏书阁
演变成佛门寺院
风水宝地的全部意义
不可言传只能意会
求神拜佛烧香求平安
修身齐家治国平天下

日月星辰，顺其自然
古径通禅，普度众生
西山寺，从读书之所到大众香火
读万卷书不如行万里路
烧千炷香不如日行一善

逢源街

左边是商业街
右边是美食街
中间是一条硬化的水泥路
琳琅满目的商铺
店小二吆喝着左右逢源
没来得及拆迁的一条破落小巷子
还残留着不少老字号的美食
氤氲香山香
叙述着往昔商业生活的故事

尊仁里

尊仁里在民权路
拐个弯出去就是悦来大街
地名是精神、情感和道德的统一体
尊崇仁义
尊严和仁德
诠释人追求和保障的基本价值
有安全感、有获得感、有幸福感
一以贯之，一脉相承
大道也！

九曲河风味食街

别看这只是一条风味食街
可蕴藏着大乾坤
夜幕降临的九曲河弯弯曲曲
就像个小世界
香辣风、齿留香、椰子鸡、客家王
内蒙古烧烤、肥妈香坊、雷州羊庄、湘粤时光
地上灯红酒绿川流不息
地下河水潺潺暗流涌动
十八年老字号牌坊第一档
像那岐海九曲文化城一样
无声无息湮灭在袅娜的烟尘里
消夜的食客南南北北
湘辣川麻浙甜徽臭粤鲜
乡音南腔北调觥筹交错
京腔湘剧川脸昆曲粤味
融汇在这历史文化名城的岐海九曲
奏起生活的交响，这粤来粤味

月山公园

月亮上有座山
你大胆地奇思妙想吧
残缺的古城墙挂着一弯明月
那是宋词里悲壮的吟唱
太平路冷的血泪热的心

我在春风里穿过狭窄的街巷
用脚手和眼睛抚慰铁城古城墙遗址的沧桑
小山峰呈弯月形而得名的月山
七座小山峰呈众星拱月状
早已不见当年的踪迹

八百年摇旗擂鼓
经年岁月古城墙老榕树盘根错节
诉说着往昔的阴晴圆缺
凉亭、石狮、石山、廊坊、半月台上
吴刚捧出桂花酒
玉兔无声陪伴寂寞嫦娥
在月山上翩翩起舞

一方水土养一方人
桂山岐水，人杰地灵
龙山、凤山、香山、月山的血脉风骨
积淀在犁头尖山
巍巍屹立出一座比昆仑还雄伟的山
他的名字叫中山
山高人为峰

中山博物馆

这是一个城市长长的记忆
如一颗颗珍珠串在一起般美妙

这是一个城市的灵魂
是一个个故事叠在一起的精粹

这是一个城市的悠久历史
那一件件物件
如基因库组成了一个城市的精神家园

当我走在中山步行街孙文中路
仿佛看到——
阜峰文塔烟墩山下
那一栋栋 871 年的尘埃
在文物中激活
交汇与映射一个个时代
汇聚成一部时光的珍典

岭南、石岐、香山、中山

871 年的经年岁月
8701 个故事流传
87001 个人物鲜活
凝聚一座城市的文化自信

从此我驻足，细品中山
守望乡土人情风俗
留得住的绿水青山和乡愁
渴望文化名城中山
折射出金山银山的无限光芒

中山纪念图书馆

知识改变命运
废科举，兴新学
积弱为强先扶志
立志是读书人最要紧的一件事
天下兴盛，智必先行
文化撑起巍巍文明华夏
为中华之崛起而读书

阅读陶冶性情
治国先治学
学科学，学文化，学知识
物质基础保民生
精神食粮强国家
努力向学，蔚为国用
文化自信中国

博雅书店

博学、博爱、博雅
这三个相关联的词语
构筑着中山文明的层次
学习改变命运
爱心温润人家
雅趣提升素养

读书人的事
一代一代书香传递
阅读，是一个国的宽度
阅读，是一座城的厚度
阅读，是一个家的温度
阅读，是一个人的大度

倡导一种习惯
从读书开始
博雅书店
每天翻阅一座城市的厚薄
让您赏心悦目
让您成长进步

瑞德书店

在历史的长河中阅读，你要慢品细琢
华夏浩瀚的知识海洋
长江黄河的文明让你一生一世自豪

在岭南香山闲时阅读，桂山岐水追溯到八百七十年的宋词里
清明上河图的万里河山
漂浮在崖山，国破家亡家国情怀山河还在

在岐江瑞德书店阅读，滚滚红尘灯红酒绿下
书中自有黄金屋
寂静也是一种无穷的力量

在中山西区瑞德书店阅读吧，忙里偷闲静一静
阅读是陶冶情操，敞开心灵的窗口
来时的路在仓颉造字圣人记录里明明白白

配一把去瑞德书店挖掘阅读乐趣的钥匙——
走向智慧，走向世界，走向未来
点睿智之光，开德育之门

中山美术馆

与美丽相关的殉情
呈现的苦难、痛苦、吉祥、欢乐与艺术
跃然于画布、壁檐和家俬
不止于山水、庙堂、花草、动物
甚至栩栩如生的人、佛、神

艺术的殿堂千奇百态显山露水
翰墨丹青，黛青水墨
挺立在岐江公园的中山美术馆
湖水潋滟抛出的弧线、倒影和鱼虾
山川呼吸着灵气，大地旋转着鸟啼

梅兰竹菊点线画标配的五颜六色
彰显着历史文化名城中山的底色
经典的笔着墨龙飞凤舞
雅致的风传承上下五千年
吹拂一江春水美如画

中山文化艺术中心

站在孙中山纪念公园俯瞰
小康幸福生活的中山
白昼川流不息的兴中道
风景这边独好
我陪夫人从左侧的别墅群走过
去对面的文化艺术中心欣赏音乐
一幅震撼人心的清明上河图
映入摄影师的第三只眼
如笛、笙、琵琶、堂鼓、钢琴、葫芦丝……
十八般乐器弹奏出来的交响曲
琴瑟和鸣如痴如醉
温润美好生活的中山千万家

中山开放大学

我在路上见到你
古老的街巷像我们的友谊
一砖一瓦都值得珍惜
太平里，寿山里，七星初地
铁城东门的沧桑诉说着过往
三帅坊住着我们的芳华
月山公园的约会那是你们的秘密
我因开放到岭南
我因中山才开放
满满的回忆满意的生活
庆幸我在中山遇到快乐的一切一切
走在熟悉的大街小巷
思绪万千
百年一中的老校址
中山开放大学
知识的大门永远向你打开

孙中山纪念堂公园

游览中山博物馆记忆的经年
转身走向老石岐的原点
孙中山纪念堂公园肃立于此
我们见证了孙文路上的繁华与沉寂

香港知名人士捐赠 1000 万港币
为世纪伟人孙中山建筑一座——
孙中山纪念堂
高 35 米，占地面积 3 万多平方米，建筑面积 8400 平方米
1982 年 2 月动工
1983 年 4 月落成
仁山玉宇成为中山十景之一

东经 113°22′，北纬 22°31′
中山原点标志圆圆满满
牌坊前高大的木棉树筋骨
长出了孙中山精神气节

每年大会堂的人大、政协两会
代表们像那朵朵傲骨簇拥的木棉花
共商大计酝酿出中山温暖的春天

我们脚踏着原点出发
天下为公是我们矢志不移的追求

金钟水库

上善若水
一个城市的肺
如一座洪亮的钟
健康地挺立于湖中
广东万里碧道的金钟湖
小溪流水、飞鸟走畜、玉宇凉亭
小桥人家，诗径花语
金钟晚影了却凡间喧嚣
我不羡慕湖里自由的鱼
我也不羡慕空中飞翔的鸟
站如松、坐如钟、行如风的同行
和我一样徒步在低碳环保的环绕路上
我只羡慕青山绿水风景四季如春
我更羡慕健步如飞的湾区人民
在这片投资热土
弹奏出高质量发展的进行曲
我们挥汗如雨目标笃定
为建立美丽中山砥砺奋进

古香林寺

“香沾法雨，林霭昙云”
一条小山路，一段小溪流
一路鸟语花香
凡人修仙，古香林藏于幽冥净土之中
唐风遗址断壁残垣，岭南名刹
于今大雄宝殿修缮一新肃立山林
谈经论道，香火袅袅
左边儿童公园玩天真
右边天文公园知日月
山天水色，古香林寺
岐澳古道，穿堂而过
执念于心，释然于怀
经年流月，天人合一
金钟湖古城墙爬出的兰
如剑出鞘，雄霸江湖
风静悄悄惠拂人间凡心
林间深处金钟的梵音

惊不醒古香林寺殿堂的菩萨
新安村的小康生活样本
金声玉韵，蕙心兰质
绿美中山，风调雨顺，幸福安康

长江水库

借你一条木船和两只小桨
让童年的记忆胎记
倒映在长江库区潋滟的湖面
黎明唧唧啾啾的水鸟
正阳山峦倒影的缠绵
夕霞天空的火红凤凰木
还有那牵着纤纤玉手的青涩
带回到在长冈村的日子里

半是青山半是湖
一面碧绿望穿秋水
我站在库区移民的堤头
泥巴、青石、土墙、松皮屋……
还有那路岔口的庙
和爷爷奶奶寂寞的坟
都伴着我的梦意
长江叠翠随鱼虾在水底游弋

紫马岭公园

一种植物的颜色，一种动物的名字
一种人生的分水岭，紫马岭公园
一年四季更替，蜂蝶恋梅花
万紫千红迎新春
一朵立，一朵倚
紫马奔腾与揽胜阁相映成趣
香山书房和紫马公园蜡梅的馨香
开在坡坡岭岭上最鲜艳
回想我的梦想，回想我的读书时代
美丽中山，古韵香山
我的故乡我的最爱
夫唱妇随奔光明
比翼双飞不弃不离
我们牵手走在石板路上
彼此传递博爱的心跳

手语朗诵

——献给中山市特殊教育学校

我从未有过的体验
我从未见过的场景
我从未喜过的惊艳
在中山经典朗诵大赛总决赛上
看着这个可爱的小女孩
中山市特殊教育学校的学生
用手语朗诵《祖国啊，我亲爱的祖国》
我的泪水缠绵在眼眶
诠释了我们对祖国的满腔热情
无限热爱
每一个孩子都是妈妈的心头肉哟
祖国对每一个孩子都不离不弃
用心声对话手语朗诵
无声胜有声的欢歌笑语
永远萦绕在广袤天地
心灵深处
炮声隆隆，涛声依旧

中山火炬歌舞团

歌是一把火
舞是满天星
团队有力量
《风起》，我们高擎火炬前行
《春暖》，火炬之光照耀光明
工业兴市，火炬敢为人先
文化兴城，火炬引领先行
歌舞升平的中山
一束光，一首诗，一炬火，一曲舞
奏起书写美好生活的进行曲
高歌盛世太平
中山火炬歌舞团
演的是老百姓身边的事
唱的是老百姓心里要说的话

得能湖公园

得能莫忘，立地成人
得能湖不知何具此名
只是高新火炬区的一人造湖公园
一年一小变，三年一大变
我等凡人何德何能
却把自然改造成
人间美好天堂

中山人民医院

——祝贺中山市人民医院新院区建设项目选址确定长江考场

时光轮回，生命最贵
当我从中山人民医院急诊室活过来的时候
我惊叹于重获新生地方的神圣
中山人民医院从此成了我的再生之地
当我得知给人无数生的希望的中山人民医院新址确定
确定在邻近五桂山的天然氧吧长江考场时
我知道我知道
中山这一届政府给中山人民交上了一份满意答卷

把最好的地段留给人民群众
生命至上，健康第一
以人民为中心
中山人民医院选定新址
这是善待民生的福祉工程
敢为人先的中山干了一件最漂亮的事
我望着五桂山的满眼翠绿
春天的生命装扮得生机勃勃
让我这个从中山人民医院捡回来的生命

知道什么是感恩感动和感谢
敬畏生命，崇尚健康
岁月静好，安心地过好幸福的余生
是你我追求美好生活的向往

大山把生命留给了你
鸟儿把歌声留给了你
小草把生机留给了你
大地把花儿留给了你
你把生命的希望和健康的渴望留给了我，留给了人民
中山市人民医院新院区选址这项民生工程
这人民的出卷人
这民心的阅卷人
在长江考场交出了合格的答卷
辐射全市，造福桑梓
新的中山人民医院
与火炬医院、博爱医院、新中医院联成一体
对保障全市人民生命健康大有益处
此地急危病人转送广州、深圳、珠海处置迅速快捷
蓝图已绘制，高质量建筑未来可期
一座健康的美丽中山在崛起
人民医院人民建
健康城市为人民

中山中医院

西区，紫气东来
中药，容西医
光大国粹，中医瑰宝
中山中医院，保万家幸福
健康小康美好生活

长卿、青黛、半夏
天冬、空青、剪秋、龙骨
茜草、花楹、沉香、茯神、南星
这些诗意盎然的大自然精灵
浮现出人间唯美的画面

成于水火
功于云雨
笑看风云，风轻云淡
生存，酸甜苦辣咸
生活，姜葱蒜辣料

氤氲馨香，强身筋骨一煮风流

煲中药，苦
像诗，欢乐高歌
吃一勺糖，伴药
那一分的甜冲淡九分的苦

中山好人工作室

左一撇，右一捺
做人其实很简单
但复杂的也是做人
有意思的是做人
没意思的也是做人

大爱小爱都是爱
中山好人工作室
倡导一种积极向上的做人方式
和一种好人至上的风尚
两个最有温度和最温暖的人
他们是中国好人刘天明和广东好人李焕贤
高调做事、低调做人这是他们的一种姿态

他们的足迹涉及山山水水，涉及千家万户
把温暖送到每一个最需要的人的心坎里
把爱播撒到南南北北，小手牵大手
人间自有真情在，赠人玫瑰，手有余香
像发起人中国好人刘天明的名字一样

让精神文明流传千古，流芳百世

十年，十年如一日星星点灯
天宇闪耀着无限光明
博爱情怀，人间衡量着人的正常温度
一个影响一片，一片带动一群
温暖润玉，敬天爱人
摘个月亮送给你
你就有赋能太阳的璀璨光芒
摘个星星送给你
你就有走出黑暗方向的希望

中山好人工作室
感动的是你的行为
感谢的是他的馈赠
感恩的是我的回报
只要这世界人人都献出一点爱
温暖就会普照人间

中山“雁阵飞”家庭教育志愿服务队

秋高气爽，天高云淡
一字形，人字形
碧水蓝天，行稳致远
雁阵飞，飞越山川湖海
人过留名，雁过留声

十年时光，百年大计
雁群遨游五桂
雏雁振翅，雁阵齐飞
奉献友爱，互助进步
梦想飞扬，梦想成长

十年树木，百年树人
雁群遨游岐水
头雁领航，强雁紧随
家教家风，守正创新
我们飞扬，我们成长

春回大地，绿美中山

一字形，人字形
绿水青山，开拓进取
雁阵飞，飞越日月星辰
雁过留声，人过留名

中山温泉

大湾区的版图上
温泉那么密密匝匝
楼台馆所四星五星多于牛毛

中国第一家中外合作旅游企业中山温泉
在那年①冬天里拉开了春的序幕
从太平洋南海喷涌出心的热度

“摸着石头过河”敢为人先
东方地平线上开钻出一眼新泉
仙气氤氲，热气升腾

“不走回头路”铿锵有力
美丽中山这片投资热土
温暖如泉，温润如昨

---

① 中山温泉宾馆是中国第一家中外合作酒店，由港澳著名企业家投资兴建，岭南派建筑大师莫伯治先生设计，于1980年12月28日正式开业。

罗三妹山

风、雅、颂的神韵
李白、杜甫的风骨
汉唐盛世的复兴
奋进新征程，建功新时代
我们相聚在三乡罗三妹山
聆听一个世纪伟人的铿锵声音
“我们不走回头路”

一路勇毅前行
“我们不走回头路”
推翻帝制，红船宣言，天安门宣誓
改革开放，我们走进新时代
一条振兴中华的强国之路
撑起了华夏文明的源远流长
中国式现代化的奋斗新征程
继往开来是最好的传承

民生路

冬日长满冻疮的脚手
走在刺骨严寒泥泞的乡间小路去上学
捏着冷红薯簇拥取暖火提篮的稚嫩
走着很长很长的路
深一脚浅一脚一晃到中年
离故乡越来越远

某年冬天
我唱着春天的故事
结束漂泊举家停留中山
东奔西跑天天走上这一条路
后来才知道人间真有“民生路”

曾祖母的小尖脚
多少年前如同孙中山的大手笔
刻画出民生之路
谱写在复兴中华的大地上
奶奶带着穿花裙的妈妈
已在民生路上

从少女走成了白发苍苍的祖母

我到中山触摸二十年的民生路
一个诗人竟不知用什么词汇去描述
艰难求索……
连接它的延伸
是叫民权路和民族路
人生冷暖有冬夏
家国永远只有春秋

悦来路

一个城市的路
是有灵性的
悦来南路至悦来中路
一个悦字
承载着石岐多少喜乐哀愁
两边的老树
有些沧桑
绿叶每年告诉我春天的来临
一夜之间重修的悦来路
砍了几十年或上百年的老树
变成了一条乌黑的沥青路
绿有绿的生机
黑有黑的道理
我在心里祈祷
路旁新栽的小树快快长大
荫庇着在城市生长的生灵

坦洲快线

青山当画笔
绿水泼丹墨
山翠水绿入画屏
人间美好岁月
城南坦洲一线天
飞流三十五公里
连绵不断的五桂山
坦洲快线像一块飞来的瀑布
缩短城与乡之间的距离
连接天与地的世界

礼遇中山

跳动的白云
在蓝天下旋转
城市的美
在百年的老墙上涂鸦
我在步行街穿越
黄金铺的周六福广告有点刺激
对望的双眼翻江倒海
我分明听到了劳动的号子
把这座城市装扮得分外妖娆
礼遇中山
百年老店飘逸着香山香

苏炳添体育馆

虎啸一声
威震天穹大地
一百米八十九年
中国人奥运之路的梦想和荣光
9 秒 83
从刘长春到苏炳添
亚洲飞人，中国速度
缔造了黄种人的历史
展示了中华民族的精神

“苏”战速决
“炳”贵神速
“添”下无双
2022 年 9 月 26 日
苏炳添体育馆在中山古镇诞生
这个热血沸腾的日子
刻录着这位古镇中国奥运健将
奥运会跑出亚洲纪录的荣光

中山二桥晨语

不是天亮得早了
是我奋斗的激情在减退
不是黎明来得快啦
是我的年纪开始变大了

睡不醒的时间一去不复返
不够睡的早晨已成过去
站在阳台上看着对面整栋整栋的楼
却没有一盏灯是亮的

唯独中山二桥去送菜的摩的
从楼层的缝隙飞速而过
小区树上的鸟儿
在叽叽喳喳炫耀一个真理
“早起的鸟儿有虫吃”

天际晨曦的红霞
把唤醒的万物抚慰出勃勃生机

沙岗墟夜市

龙威、中海、志红
经湘江入洞庭
百流归海与珠水融洽
中山六月的火龙
沙岗墟沸腾燃烧的夜市
南南北北的乡音
一串串烧烤煮烫缕缕乡愁
三瓶小装百年糊涂
把酒问七月
三个写诗的湘人
把火红的中山
吟唱出新韵香山香

大尖山露营公园

五桂山翠绿的草地上
属马的我偶尔闯入肥沃的大尖山露营公园
一个占地 1300 亩的天然氧吧
沿岐澳古道外延
在 300 亩茶山邂逅 18 匹骏马
马术、猎刃、射箭、民宿、野营
把会议室建在了山里
把家建在了山里
把课堂建在了山里
把传统文化传承与实践课程建在了山里
一个五星级生态露营公园
网红在粤港澳大湾区枢纽中山的绿谷中
吸引着八方来客
金煌芒溢出果汁分外香
逍遥自在

秀丽湖

山峦间流出一泓碧绿的湖水
清澈的湖水倒映着变幻的山峦
当我的凡身肉体沉浸在晶莹剔透的秀丽湖
畅快游弋人生精彩
那是十多年前的往事

当今天站在浩渺水城的秀丽湖
奢望再一次与她肌肤相亲
那只是一个缥缈之梦
浑然天水一色的碧桂园秀丽湖
镶嵌在这青山绿水的怀里
享受着世外桃源的悠悠南山
大自然的天人合一
宜居，宜家，宜人

五桂山千余亩葱郁原生态山林
负离子氤氲成天然氧吧
波光粼粼的湖面像一面镜子
太阳小鸟倒映在我眼前

蓝天白云倒映在我眼前
星星月亮倒映在我眼前
万家灯火倒映在我眼前
唯独，故乡在鱼的眼睛里
唯独，父母在我的眼泪里

金子山互通立交

云里雾里
噱头彩头
复杂的简单化
简单的复杂化
掘地三尺
挖出了个隧道
变成了五岔口
又蹿天八尺
开通一条高速
天堑变通途
立交搞得很复杂
智慧与智障
仅一字之差
中山金子山互通立交
史上中山“最复杂立交”
世上无难事
只要肯下足工夫

时间艺术馆

滴答滴答，时间
是婴儿的啼哭

滴答滴答，时间
是青涩的朦胧

滴答滴答，时间
是壮年的拼搏

滴答滴答，时间
是老人的重阳

春夏秋冬
时间，时光，摆渡

钟，在 24 小时不分昼夜走动
一个收藏生命刻度的人
生活在琳琅满目的钟世界里
日本造，德国造，美国造，上海武汉广州

石永联，像他的姓名一样
包容着世界文明
时间与生命相融
永远与时光相连，与世界接轨

时间，艺术，生命
是大家的，是国际的，是世界的

世界唯一的公平，时间
生命的归途，生活的继续

白水井游走的鱼

城里的人真多，像鱼一样穿梭如鲫
而故乡的井，鱼越来越少，浅而见底

从前故乡的小河，蜿蜒盘旋，弯弯曲曲
现如今像国道、省道、高铁一样被硬化浅不藏水

寻找生活的人，离井不离乡
日走云南，夜走广东
如太阳一样
高铁为伴，小车为伍
日出而作，日落而息

极像故乡小河里的鱼
在澄澈的溪涧自由自在
却被滚滚的洪流
挟着它们混沌于大江大河里

走南走北闯荡江湖，我的兄弟姐妹
像鱼一样游走山川异域，风月同天
寻找打开美好生活的金钥匙

沙岗墟碉楼

我穿梭于熙熙攘攘的沙岗墟
赶集的人们让我想起了岁月的沧桑
堵住我视线的那挺立的碉楼
在风雨中飘扬，在日晒中傲骨
如定海神针一样庇护着百姓的安宁

碉楼的岁月，碉楼的风云
南方的碉楼坚固地守望着家园
赶墟的人们在烟火里，生活
你为他们遮风挡雨
让我想起了北方的烽火台

北方的烽火台哟，南方的碉楼
瞭望一望无垠的旷野
狼烟四起守望土地上生息的家国
你用忠诚，你用热血
你用脊梁为幸福生活放哨站岗

中山博爱路春语

岐江河
春的热闹脚步
悄悄惊醒了勤劳的牛
两岸倒映着游人如织的身影
夹杂南南北北的乡音
滚烫着一泓碧波荡漾

孙文纪念公园，兴中道，紫马岭
草绿了，花红了
人旺心甜
留在中山过大年
福禄寿喜财
万家灯火同心圆

我步行在博爱路
听到川流不息的车浪滚滚
金钟儿童乐园
小手牵大手的欢笑
把中山的年

过得春意盎然

孺子牛，开荒牛，老黄牛
桂山岐水敞开博爱的胸怀散养
人丁财旺这是亘古不变的真理
敢为人先的中山
反哺每一只奉献的牛
牛气冲天，耕耘在铁城肥腴的沃土

元一沉香文化馆

我是云的儿女
你是雨的母亲
风起，树绿，香飘
一元复始，万象更新
巍巍五桂山，一棵苗一排树一片林
满目山河青翠欲滴
长了八百七十一年
带着唐诗宋词的韵味
伶仃洋倒流进的岐江水哟
浇灌她开枝散叶
沉香，沉香，沉香
氤氲芬芳馥郁的香山香
熟结、生结、脱落、虫漏
十年积一香，固本培元
一元沉香文化馆
沉香、檀香、龙涎香和麝香
香文化代代传承

行走树木园

城市的公园里
忙碌了一天的人们
在傍晚稍憩的时候
无聊走路的
出汗跑步的
散漫悠闲的
有目的的
无目的的
把光阴虚度
把生命虚耗
累到深夜睡觉
第二天又往复循环
做些有意义的事
也走些无意义的路
生命里
再也找不到
蹒跚学步的勇敢

岐江公园看落叶

秋风起
那片落叶
本是它最好的归宿
铺垫的那沧桑
也如泥土一样
只是过程不同
何必叹息
生命的轮回

你站在桥上看落叶
看落叶的人在楼上看你
想你的人时常在梦里
在梦里的人不一定在床上
人生就像那落叶
挤干最后的水分
变成尘埃
还要装点残美

富华道人行天桥

中山首座人行天桥
搭在富华道，象征一个时代的图腾
通过当时唯一的五星国际酒店
向世界展示一个开放的中山
“四小虎”的踪迹在烟墩山上几百年的炮声中
经天子码头沿岐江滔滔向东虎啸太平洋
三十年敢为人先的见证
慈善万人行从此起步
桥联梦想

人过留痕久久为功
虎过留威革故鼎新
一任一任又一任
桥上四周曾开满过鲜花
桥顶空中曾绘满过彩图
此次又将花岗石铺就霓虹灯装饰
西郊人行天桥的人们
只盼望富华酒店何时开张
天桥如何重振当年坐标的虎威

迪光电厂旧址

百多年的迪光电厂
在晨光熹微中摇摇晃晃
那给香山带来第一缕光明的楼
岁月斑斑诉说着往昔的辉煌
赋能，物质上的精神上的
必定薪火相传
正如当初响当当的名字——迪光电力灯所
记住一个远走他乡人的亮堂
漂泊重洋南朗人严迪光

建筑物加固改造成文物
一对夫唱妇随的劳作者笃定
那根根钢杆像棉签一样
穿越时空的隧道
探索阴阳八卦
脚手架搭设得坚固耐用
冬日的阳光平等赐予

有些人喜欢黑暗，更多的人喜欢光明
八百七十一年沧桑的香山
文明的脚步永远踔厉前行

中山体育路

正午的太阳躲进云端
高楼大厦间的小巷
老的、少的、男的、女的
匆匆忙忙，忙忙碌碌
快餐店里，写字楼下
外卖小哥穿来穿去
只见脚步流浪，嘴巴流动
叼着烟的女郎
挽着女郎抽着烟的男士
好市侩，好热闹，也好无奈
我的脚步，像流盲一样
窥探市井百态
等着太阳慢慢西沉
我走在中山体育路
假装从容……

燕过中山站

初夏缠住春的气息
思念的情阻不住
雨下个不停
恋我的燕子飞来飞去
哪怕可怕的疫情警报声响
昨夜冒着娄星氐星的余光
今天又坐上过中山站的高铁北上
一路一路的风景
拍到我的微信里留下沾泪的痕迹
你我困在一个地方实在太久了
德令哈的姐姐在呼唤
簇簇火红的凤凰木花已怒放
“我把石头还给石头，让胜利的胜利”
你我牵手奔向诗和远方
“世界那么大，我想去看看”
相信爱情相信真情
管不了那么多，不管那么多了
疫情快点消散吧，还我自由
我们只想在大自然幸福飞翔

岐江河大桥

半边弯月
一半对峙天邃
一半在水一方
羞涩的嫦娥躲进云层
大地日新月异

天上的银河
隔着牛郎织女
日月星辰
浩瀚无情
人间最美四月天

中山的岐江
博爱之城
一桥飞架东西南北
冰冷的钢筋日晒雨淋
温暖连接

中山，一起向未来

带着梦想出发
风雨中山路
一路二路三路四路五路六路七路
这条走了一百五十七年的路
一路踔厉奋发
美丽的中山
一条兴中道贯通深中通道
不走回头路
我们迈着坚实的步伐
一步一步向前
走向世界，走向未来

中山市迪茵公学

厚德行远，爱国济世
中山迪茵公学，五星级学校
伶仃洋崛起的一片蔚蓝色
大湾区兴起的一片红树林
名城中山人杰地灵
三角福地功名成就
金三角，绿三角，福三角
育有趣灵魂，办温暖教育
中山民森教育孕育出的迪茵公学
一株株幼苗长成参天大树
勇争第一，奋力夺魁
迪茵公学，人中之俊杰，山高人为峰
神奇的贺优琳，稳健的吴建新
十年树木，百年树人
野蛮体魄让孩子们意气风发
文明精神让孩子们守正创新
贺天下莘莘学子金榜题名，建功立业
优中培优致臻极品，新益求新
琳之神兽，木秀之王
大湾区之美者，有昆仑之球琳
腹有诗书，学富五车

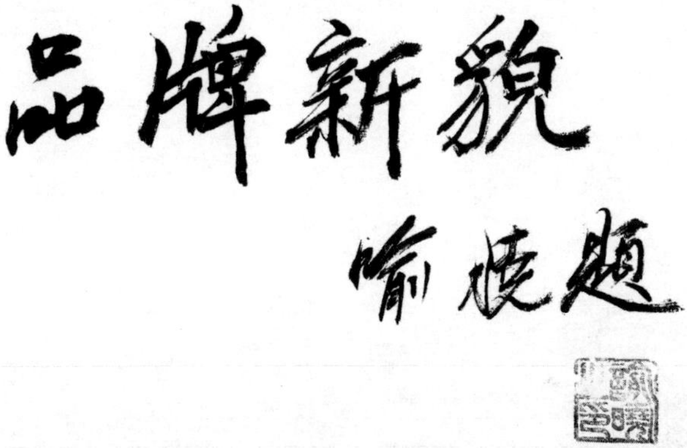

卷三　品牌新貌

文明城市，活力中山

投资热土

宜居宜业宜游

高质量发展向未来

香山家宴

中山，古称香山
有朋自远方来不亦乐乎
“孙中山故乡人民欢迎您！”
朋友，如果您从东而来
这个最高礼仪的欢迎词
淋漓尽致体现了博爱之城中山人民的热忱
朋友，如果您从南方来
詹园的孝道就是历史名城中山人民的家风
朋友，如果您从西面来
古镇一盏灯“亚洲飞人”苏炳添照亮您一路前行
朋友，如果您从北边来
菊城小榄真诚为您打开温馨幸福的家门
南来北往，东奔西跑
投资热土，美丽中山
朋友，不管您从哪里来到哪里去
香山家宴，亲善快捷，无微不至
原味新鲜健康，文明文化美景美食
宜居创业典范，文明城市中山
热情温暖得像亲人一样

给您最高家宴的礼遇
欢迎您来到绿美和谐的家园
中山，欢迎您！

硕泉园林

在开平市簕冲乡龙凤村
三年困难时期的池塘
长出一朵荷莲
他的名字叫甄池安

逢山挖池，遇水安桥
自强不息，艰苦奋斗
白手起家筑梦硕泉园林
装扮美丽山河、点缀城乡涟漪
生活如芝麻开花节节高

硕泉园林百花争艳鸟语花香
孔雀开屏，岁月涅槃
有簕竹，有冲劲
龙腾凤舞，绿水青山
人海里茫茫哟
却不见孤山的远影
那匆匆的脚步
爬过千山蹚过万水

美好生活澎湃的浪花
虎啸龙吟，写诗的甄池安
耳顺从硕泉园林再出发扬帆新航
诗与远方，初心与梦想
征途在前，你永远在前
故乡的山路弯弯延绵
空旷无垠，硕泉源远流长

壹加壹

一加一等于几?
不是脑筋急转弯
你问这个问题
会让三岁小孩笑掉大牙
可中山廖氏兄弟创办的“壹加壹”
却永远大于二

观念一变天地宽
“壹加壹”变成了
一个商业模式
一个管理模式
那就是一个几何价值问题
更是一个财富管理问题
像它的商品零售模式一样
迅速在中山滚雪球似的壮大起来

太力集团

荆楚大地蹦出来的精灵
使出洪荒之力
在太空遨游的石正兵
把宇宙万物压缩在一个真空袋里
太力，太力
横流云端搏击商海

京山的树林里
我分明看到了一只九头鸟
盘旋太空，随大雁南飞
落在中山五桂山的森林里
那块玉一样的石头与石岐结缘
那是 1999 年扎地生根诞生的太力集团

智慧的云端在太平洋上空腾云驾雾
让每一个小物品都有一个属于自己的家
小产品，大创意
一个高科技家居用品智造企业
太力精神——造福于世界人民

塑造环保、新颖、实用的美好生活

线上线下，国内国外，天上地下
太力，太力产品远销全球
伴随神舟飞船筑梦太空
这个石头里蹦出来的精灵
未来可期，砥砺前行
润玉苍生，造福人类

东崎电气

日出东升，托住天空
枝繁叶茂，如一棵劲松
敞开博爱胸怀，在暖风中吹过原野
万物向阳而生，蓬勃生长

高瞻远瞩，为世界压轴
定星盘，稳定汹涌与微弱
点亮无数星空
世界变得灿烂光明
来自东崎的智能仪表
乾坤剑神
早已成为时代的风向标

心中有爱有梦，创下百年基业
东崎东崎，事业长青
周松明，八十年代绘制的东崎蓝图
以气吞山河之势，牵着白云黑土
在华夏岭南，创造盛世辉煌

中山湖南商会

湘江北去
海纳百川，吞吐长江
湘资沅澧，百川归海
一方水土养一方人
云阳山、雪峰山，民族脊梁
神农播植百谷百蔬
湘商义薄云霄家国情怀

聚是一把火
散是满天星
沿京广线畅通南北
走湘黔线飞湘沪快线贯穿东西
紫气东来，湘聚中山，大胆闯世界
紫园是我们湖商乡里乡亲的创业家园

商贾云集
居庙堂之高，处江湖之远
“先天下之忧而忧，后天下之乐而乐”
“惟楚有材，于斯为盛”

“杯中含太极，腹内孕乾坤”
“问苍茫大地，谁主沉浮”

湖湘文化孕育的湖商精神
犟、石头、骡子、辣椒
是我们的骨气和血性
吃得苦，霸得蛮，耐得烦，不怕死
融洽了中山“敢为人先”“天下为公”的气节
湘聚中山，再创辉煌
湖南人，了不起
了不起，湖南人

广东中泰龙集团

曲尺和墨斗，斧锯凿刨
像汉字的长短句的结合
诞生了诗歌散文小说
木材和木材的碰撞
木材和金属皮革的碰撞
构建了恰好的立体美学
从普通务工人员到董事长，陈秋桂凤凰涅槃

行政楼、写字楼、商业帝国
产业集群，年产值几十亿
无数间大大小小的办公室
一件件标注着“JONGTAY”标签的
办公桌、文件柜、沙发、椅子
中泰、国景、派格
又一同构建了恰好的空间美学

耒水滔滔
岐水滔滔
蔡伦造纸的木香

从山中延绵到中山
八月秋高气爽桂花陈酿的丰收
广东中泰龙集团
缔造中国办公家具行业龙头企业神话

满山的秋桂沁人心脾
让人世间情生感动和温馨
“中国派，刮起中国风，你是东方的巨龙”
美，原来并非真的只要一双发现的眼睛就够了

中山山东商会

带着闯关东的气势和豪迈
有点鲁莽有点粗糙
乘南方的风
我们精准创业
把春天的故事唱响
齐鲁的风骨
书写传奇
纵横驰骋
鲁商敢为人先
中山山东商会
聚一代枭雄
齐鲁大地
沧海之阔
风起伶仃洋
过桂山，闯珠水
一路滔滔冲向蔚蓝色的海洋

广东端美传媒

一个海云
一个海天
唱着春天的故事
扎根博爱中山
海阔天空创业
云端那朵雨贯的虹
端美传媒
绚烂珠三角，斑斓大湾区
影视传播、文化策划、智慧城市、文化产业
高端大气上档次
臻品端美树口碑
年轻，活力，充满激情
端端正正做人
快乐，激情，团结
尽善尽美做事
端正，专注，专业

林芝源

扎西德勒
万米高空落地
我像南方的一只白鹭
飞落在塞上江南的林芝
在米林机场与黑颈鹤汇合
觅着神农氏从天上取下的种子
稻粱菽，麦黍稷
在广袤的尼洋河大地播撒
青稞像神女的眼泪
滋润着万物生机勃勃

博爱之城中山
我站在阜峰文塔烟墩山下
来自美丽西藏林芝的特产
汇集在岐江河摩天轮下的林芝源
琳琅满目。灵芝、松茸、雪莲花、青稞面、牦牛肉干、藏香猪肉
人间仙境，醉美林芝
美丽的主人吴玲玲

像那雌性藏羚羊耐高寒抗缺氧
体形优美，性格刚强，动作敏捷，对接援藏项目
把博爱情愫洒向林芝大地

醉人的青稞酒
神一样的丰收女神
塞上江南林芝每走一小步
名城中山都与你缘来缘去
岐江河与尼洋河都是我们的母亲河
广东援藏队“7+2”消费援藏平台中山旗舰店
西藏净地桃花食品的味蕾
珍稀食材，雪域精品
像盛开的格桑花和凤凰花一样
在美丽广东芬芳馥郁，“粤”来“粤”香

大益茶西区店

你是海的女儿，笑看云蒸霞蔚
你是山的精灵，珍藏半生风雨
一早芳华露，大益茶西区店
我只采摘三片，一片真情一片温暖一片芳华
在美丽中山，一城阳光一城月色
乖巧。像你一样贤惠温柔
伶俐。像你一朵出水芙蓉
一身清雅贤惠，陆羽《茶经》

不书店

一目十行
忘不了
腹有诗书
王不了
文化人，教师，自由职业
书店老板，阅读者
在智者面前胆敢说“不”
不阅读，不讲座，不旅行
不书店
有字之书藏于店内
无字之书发乎内心
我敬佩的文友
中山书店老板王不了
成了东区御峰大厦的一只飞蛾
燃烧出熊熊烈火
弥漫着书香

六感文艺创作工作室

李桃月夜
永恒真情
雄壮辽阔
风流倜傥，文采飞扬
先知先觉，未知先觉
眼耳鼻舌肌肤
视觉听觉嗅觉味觉触觉
交叉呈现，五彩缤纷
在中山，在小榄，一位文学爱好者
追寻心觉的第六感
成立六感文艺创作工作室
心与心沟通，灵魂与灵魂碰撞
传播文学，传递文化
追逐繁星梦想的游子
诗与远方
达到七感、八感、九感的殿堂

客厨世家·伟煌店

收集真诚友谊，你从云端而来
2002 年起源于粤北韶关
传承客家美食，弘扬客家文化
客随主便，客厨世家
探寻好食材，悦享好味道
客家人，客天下
店里来的都是客

客厨世家·伟煌店 2012 年味留香山
好酒、好菜、好朋友
用情义装盘
食材是味蕾的本质
流淌着诗歌般的理想，探讨着家乡和客家
无须抵达的邮箱，一切都变得真实
是的，并非虚构

原生地，原生态，原汁原味
客家菜，靠山吃山，靠水吃水
家的温暖

兄弟姐妹的力量
用良心做品质
我们已经
筑起承载乡愁的港湾

林家煌，一个客家人的怀乡
带着惠州东坡肉
带着韶关红葱头肉圆
二十年磨一刀
在小桃园，在中山，在大湾区
品牌客厨世家，百年老店声名
客厨世家——远航

衡州小宴

哭着断奶，初尝酸甜苦辣咸
聚精气神，在爱中滋润长大
童年味道故乡情怀
吃五谷杂粮，柴米油盐酱醋茶
赏人间烟火，猪牛羊马鸡鸭鱼
品人生佳肴

雁不过衡阳，我们却飞到南方之南
创业不忘初心
咀嚼妈妈的味道，追忆儿时的快乐
或琴棋书画，或吟诗赏花
即使身在远方
“湘”聚衡州小宴，心却永远贴着故乡

拓电电子科技

走在中山路上到陵岗工业园
中山市拓电电子科技有限公司在四楼
门牌两边的一副对联格外惹眼——
“拓展创新敢与尖端争短长，电掣星驰皆因高质求毫厘”
十四年的创业不长也不短
董事长林志成裸辞南下的勇气仿佛就在昨天——
从三乡起步到火炬燎原
28 项自主研发，25 项发明专利，9 项应用新型专利
与纬创资通、富士康、宝龙达、惠普、联想、顺达、英业达、华硕等高端客户合作
拓展，创新，精益求精
因为专业，所以出色
拓电，是一个筑梦与腾飞的平台
期待与您谱写美好未来
拓电昭示一个永恒的真理——
创造改变生活
有志者，事竟成

紫园大厦

你是智慧果
你宽心仁德
硕果累累
我只尝一小口
就懂得知恩图报

他乡遇故知
智慧树下你和我
有缘在中山
遇上了迪勇
紫园春色幸福满园

明阳集团

风云雨，雷鸣又闪电
天地人，与日月争辉
夸父追日，开弓没有回头箭
勇立潮头闯大风
张传卫——你却在广袤的天地间追风
明阳智能，在中山书写传奇迸发出火炬之光

塔杆顶天立地
叶片如时钟计算着岁月经年
南方的风涌动着春天的故事
张开双臂拥抱太阳
传播柔力握手风的方向
卫守一方净土调和风的颜色
仰角是 37°
比人的体温高
你用人类的智慧
赋能光明带给人间以温暖
你用高一度电的体能
接受了风的每一次抚摸

中山的风
点亮五湖四海千家万户的灯

一扇窗户打开，光芒照亮世界
引领时代潮流，在波澜里浩瀚遨游
丰满了羽翼的形状
融天地人氤氲，跻身“中国企业 500 强”
耸立的风车，敲击着未来的天空
白云更飘逸，在流速里拥有更自由的蓝
土地上长出大片森林
风的颜色成就自然五彩斑斓
为精彩世界连接赋能

成功不仅是运气
卓越的眼光和恢宏的格局
能和天地下大棋
真言刻在石头上，照见前世或者今生
“地蕴天成，能动无限”
明阳智能公司的门口楼前
剑指苍穹、大地、海洋
扎根中山，做世界一流的明阳
扛起中山装备制造业的大旗
一起向未来——
三年实现双千亿，五年冲刺世界 500 强

中港城海鲜楼

靠山吃山，靠海吃海
在临海火炬，开阔的视野能装下整个海洋
中港城海鲜楼
彭德赞以海一样的胸怀和魅力
独步于八千里云天之外
繁忙的景象却又云卷云舒

万紫千红写下春夏秋冬的画卷
虾兵蟹将，海底捞月，山珍海味
客似云来
往事风云从一处美食着笔
日光里，月光下，高声吟唱
咏出的既是荷塘月色，也是人间烟火

阳光、海浪、沙滩、珊瑚，还有那仙人掌
穿越滚滚红尘携带海的气味
着笔创业百年老店的辉煌

雍容华贵展示惊世品牌技艺
大海的浪花，金手指点化
成就粤菜的传承
美味佳肴，“粤”吃“粤”鲜

中山市开关厂

一按开关
世界就亮了
通往光明的路上
知天命之年的马润洲
在黎明的灯柱，安上了启明星

黑夜是一块荒诞的石头
沉重而又贫瘠
在这样的世界里
总会有人，拿起凿子
凿出一束光

那一年，亏损的开关厂改制
一匹时代的骏马
不须扬鞭
举全家之力，抓住时代的风帆
在桂山岐水，开垦属于光明的土地

二十多年的风雨

从旧车到新厂
从亏损到产值 1.2 亿元
从小打小闹到配电柜，闯到国家电网
开垦出来的果实
省电、节能、环保
如那一弯弯成熟的麦穗儿
吐着朴实的光华

乐平藏酒馆

很想到你的星球
躺在由五千多瓶酒搭建的世界遨游
闻着经年酒的醇香，营造一方星河

有的酒厂都已改变，遗址上造起了大楼
天地酿造的那些精华
在你的瓶子里，还能数出家珍

茅台无疑是最耀眼的皇冠
洋酒也能跨越时空银河
为了一瓶限量版，你把情怀调配成银行

一壶壶中山酿制的老酒
已被你收齐
广东三大名液，如闪亮登场的晨光

你的创业励志得令人惊叹
最初的职业仅仅是保安，来自江西的你
能用半生青春，贮藏一生春色，醉了江湖

而今你已建成的乐平藏酒博物馆
让这些有五千年文明的精灵
和天上的星星遥遥相望，与酒逢的知己举杯吟哦

传唱千年，一杯浊酒几多风尘
你珍藏的不是酒
是珠水滔滔不绝的风流，是快乐人生的醉世风情

伍氏大观园

刘姥姥的红楼大观园
琼楼、玉阁、凉亭、厢房……
黛玉、宝玉、妙玉、晴雯……
梅兰竹菊吟诗作对
中山大涌的红木伍氏大观园
作为经营多元、产业专业高质量发展的侨发集团
一条家具产业链，因为珍贵，值得拥有
宫帽椅、六角中堂、百子千孙沙发、莲花花架……
集型、材、艺、韵于一身
之魅，之源，之髓，之魂
传承，再现，升华
让中式家具走进千家万户

永锐集团

——兼致中山邵阳商会会长欧永甜

从宝庆码头走出
走进更为伟岸的中山，永锐
大山的气魄，擎起激情和锐志
读懂岁月，如魏源睁眼看世界
千山暮雪，阳光一线天
左手提着正极，右手提着负极
西行东归，漂洋过海
南北两极争相认证
广泛应用于一切发光发热的物体
洗衣机、空调、冰箱、热水器、新能源汽车
回声豪迈，诗情画意
生活永远清甜
记住你的属相和星座
中山邵阳商会会长欧永甜
引领宝庆府人弘扬“宝古佬”精神
团结齐心，敢闯敢拼
创造美好生活，永远向前
“邵”商聚力，“阳”帆起程

泰上王腊味

——致中山市非遗名录项目代表性传承人王献章

对于极致美味，我唯一能做的
就是写一首诗
然后慢慢品味
这些被时光烹饪的美味

在黄圃，空气里都飘着腊的香气
大自然的馈赠，深情款款
时光磨得很亮
高挂着人间烟火
如热情的舞蹈
每一个翻转、跳跃，都能引来
无数人的驻足效仿

泰和腊味，非遗名录项目的传承人
王献章以绅士风度
让祖传的秘密，与风和谐
融进阳光里
加上故乡的语言

寄托给未来的煎炒烹炸
一场以美食为文化的视觉盛宴
一次次敲响
岭南水乡响亮的名片

霞湖世家

沙溪沙坪村
一道霞光穿过楚河汉界
河流的走向历来层次分明
从福建福清霞湖洞飞出来的一道光
溯源而上，从闽南走向岭南
蜕变成蝶，彩虹绚丽
化作一件 T 恤
郭长棋，只干一件事
坚持做 T 恤
打造的霞湖世家旗舰店
构架出完整的生命气象

劲霸、柒牌、利朗、海澜之家等 40 多个品牌
合作与信仰，长成一片勃勃的森林
在时间的程序里闪耀光辉的意象
葳蕤繁茂，充满电的流量
传统销售切入，一占先机
零售、批发、电商
三位一体，步步为营

从工厂制衣厂到工业园产业集群
郭长棋的人生就是一盘妙棋
步步为赢，每走一步路都清晰可见
果实叠加果实，把 T 恤做得更佳
霞湖世家，精彩世界

东北风饭店

成家立业
一个来自漠河东
一个来自湘中北
爱情的风
携手人生经波浪
踏平坎坷成大道
风生水起刚毅前行
朗晴假日店
东北特色
家的味道
自从有了东北风饭店
就再也不用担心喝西北风了

中顺洁柔

一纸红帘
最是相思隔
独站窗前
雨在下，情窦初开
纤纤玉指撩蘸秋波
碰撞鹿跳红尘美梦心思
中顺洁柔，只在乎您
恰似一片温柔
一纸红颜最新章

相思处，泪眼婆娑
一纸红笺传鸿雁
蜂蝶起舞鸳鸯嬉戏
好比梁祝，好比董郎织女
天涯海角海誓山盟
蔡伦造纸，大爱延绵
中顺洁柔，原生自然
太阳每天都是新的

小茶仙花酒

生活的样本
轻轻打开，朵朵茶薇
撑开美好的日子
湾区中心，投资热土
孕育着小康芬芳的酒香

一朵小红花，飘挂墙内墙外
酝酿出一壶壶小茶仙花酒
千姿百态，美丽中山
正如穿越千年的唐诗宋词
尝小榄脆肉鲩，共品茶薇美酒

天智科技

小榄不小
从凤山公园旁的一个小巷小门进去
却有一个无限的空间
装下了中山市天智航空模型中心
孩子们得心应手操纵无人机腾云驾雾
让你感受到速度与激情
那别出心裁的无人机足球对抗赛
把你看得激情澎湃，感慨万千

天空很辽阔，我们一起飞
自信、安全、专注、应变、团队
天智是一种朝拜
人智才是一种塑造
无人机的飞天梦
在一个叫陈炽坚的创业信心里
智慧是一种心智和灵慧的潜质
炽热的爱，坚定不移

穿越世界的每一个角落

梦想成真，我们一起向未来
浩瀚的太空
选择最佳的角度
朝着既定的方向
脚踏实地追求自己的目标
天智科技，少年强国
未来可期，空旷无垠
航空航天科技的明天星光璀璨

国方家居大不同

我只想同你好
谁叫你那么妩媚和动人
黄种人的秉性你都有
龙的传人充满精气神
黄花梨的唐诗宋词风骨
小叶紫檀的贵族血统
大红酸枝飞入寻常百姓家
臻美的你美丽又温柔
雕刻时光的柔情蜜意
我在冬天里知道你的温暖
大不同的你，一年四季紫气东来
比桌更圆，比椅更稳，比红木更红
国方家居大不同
高品质的高端定制
高品牌的高贵家具
比港湾更能让人
时时想回到温暖的家
家和万事兴，国泰民更安

海纳智造产业园

成就大业的人
群山都会让路
作为春天的使者
他们总能畅想、规划、扬帆起航
果断机敏地用厚实的手掌托着
海纳智造产业园
接收一切可智留的事物
长在春风里，商道商机共赢未来
大地上的蓝图开满花朵
阳光灿烂在番中路与阳光大道交汇处春风浩荡
满园的智慧
科技研发、智能制造、生产服务
落地有声、拔地崛起
时间与空间布满万千气象
找到辉煌的切口
以时代的名义海纳百川
再用豪情壮志，落款签名风生水起
黄金溢彩，共振财源
高举接力棒，黄嘉逸，更加嘉勉逸致

璟奇、劲泰五金制品

——致殷光华、殷明华兄弟

金银铜铁锡
构建人类命运黄金的硬度
吃喝拉撒睡
构造人类生命生活的质度
劳动创造世界
石器时代脱胎换骨
传统五金演变为大五金和小五金
冷酷、温暖、坚硬、柔软
扁铁、铁钉、铁丝却在改变生产力
德要配位，财要配德
慎终如始，则无败事
一对来自湘军故里的兄弟俩
一个创建璟奇五金制品
一个创建劲泰五金制品
光华、明华，一光一明
璟奇、劲泰五金事业做得风生水起
一个比一个硬

一个股实之家基业长青

智慧创造智能

两兄弟创业高质量发展比翼双飞

宝庆府红木

金秋十月
收获的季节
我越过南岭
陪大雁南飞琴瑟和鸣
到中山大涌宝庆府红木去购那张床
比起不一样的风景
更过瘾的是不一样的睡床
冬天来了，买一张养生养身的红木床
是对自己一生的尊重
约上一个喜欢的人
一起去宝庆府选一张睡一辈子的床
既有秋收的喜悦
更有对来年春天的向往

恒通电气

导航中山民众镇锦标村锦丰路
恒通乡村与城市
从湘江随雁南飞
西江堤畔波浪兴平
飞架南北，穿山过岭
创业岭南瞬间十五春秋
恒通情真，通连天下
母线槽、桥架、箱式变电站、三箱系列
“客户满意是我们的荣誉”
高新技术企业，质量信得过产品
安全高效，智能环保
恒通电气，创全能之巅，赢口碑之实
张兴平——乡友情深，我去看你
当你端起浓香的家乡米酒举杯
我滴酒不沾报以微笑
君子之交淡如水
倒上满满一杯白开水相敬
干杯，祝恒通的明天更加兴旺发达

金焱智造

当柔遇到钢
当温暖遇到炽热
当高尚的和平鸽
遇到静好岁月
一场敢吃头啖汤的辉煌
建华金三角创业金焱智造盛大开启

金以三火锻炼而智造
水以三湘柔美而清纯
二十年凤凰传奇展翅
绿三角金焱智造
品牌智慧智能振翅飞翔
托上时代的高科技翅膀发展壮大

三“火”成焱
当金遇到焱，诚信遇到善良的时候
一只鹏程万里高飞的鸽

天使之翼拂三角金焱智造
品质在一个温暖如玉的智商仁者手里
新征程踔厉奋发，百年基业长青

名驱汽车服务中心

夏的热情
南方的雨从故乡惠来
一棵树落下了黄叶
满地的金黄金黄
名驱汽车服务中心就在树的旁边

人生如夏花
车如树上的叶
像花瓣一朵一朵开
又一朵一朵地谢
用心感受车的世界

雨在聆听什么
车就在碾压岁月
美容维修保养
人生装下这世界的一切
方向和轮子却装下行驶一切的安全

雅泰家具

我像鱼儿一样在游
住在滨海城市的宾馆
耳朵里传来海涛
软软的席梦思床
雅泰家具亲密我的肌肤
安慰相思

我像鸟儿一样在飞
穿越青藏高原的宾馆
心底里传来海涛
柔柔的布艺沙发
雅泰家具抚摸我的娇羞
驱散孤寂

故乡是他乡
回不去童年的梦
住进乡野农庄的别墅
也能闻到了海涛的浪声
雅泰家具的质朴

体味高贵

他乡亦故乡
灯红酒绿的 KTV 会所
歌声亢奋一潮高过一潮
如海涛的迂回曲折
雅泰家具的细腻
怀念乡愁

白石鸡场

鸡生蛋，蛋鸡生
这个纠缠了人类数年的话题
白石鸡场给出了满意的答案

逶迤的五桂山白云飘飘
那白云下的白石村鸡戏成群
圆圆的蛋每天送上人们的餐桌

煎、煮、蒸、炒，五味杂陈……
鸡变凤凰，妈妈的味道
白石鸡场有限公司展翅高飞誉满乾坤

广东中远建设

中建、中交、中电建、中能建、中铁、中铁建
大名鼎鼎的中字基建七大龙头
北斗七星，闪耀天际
无人不知无人不晓
但你可能不知道
在中山还有个中远建设
它是一家民营企业
老板更牛，牛气冲天
顺，不妄喜
逆，不惶馁
安，不奢逸
危，不惊惧
新一代湘商翘楚
高山仰止，景行唯贤
他姓曾，湘军曾国藩的嫡系
名冠华，要做就只做第一
中山市湖南商会执行会长

广东中远建设投资管理有限公司董事长

高屋建瓴，运筹帷幄

谱写人生的金碧辉煌

佳达机电

生意做得很光明
在横栏的一个红绿灯路口
车水马龙的纵横世界
耸立着佳达机电大楼
我从夜幕中穿行而来
耀眼的星光
开启畅饮的欢歌

此时，如果用一个形容词已不足以形容
您的豪迈、大气、焕颜
满天的繁星，摇曳的霓虹
真诚、真心、高效、优质
您把佳达服务做到极致
三十年持之以恒顶天立地
山河日月都在光电中穿扬

此时，如果把商场比作战场
您一定是背靠背心连心的兄弟
在钢板冷结构的电网长廊

找到那根千里银线一心牵的纯真
穿过故乡缠绵牵挂的柔肠小路
指尖淌出风云，一遍遍惦念的柔情
电波传递万家灯火温暖如春

隆都菜馆

中国的汉字
很方块很文化很有意思
北方红喜事，大年初一
绝对不吃“鸡”
可南方却逢喜必上虾和鸡
寓意曰“龙凤呈祥”
中山的隆都菜馆
外景湖南卫视“谁知盘中餐”栏目
最骄傲和有口碑的招牌菜
烧鸡，色香味俱全
一下红遍大江南北
特响亮的广告词
做鸡三十年

泷珀花园

漫步秀丽湖，划过千年的灯影
古井涓涓，清风明月千顷荷香
盈溢宜居的长命水
抒写健康至上的理念
五桂山的倒影
衬托出一颗璀璨的琥珀明珠
岐澳古道，墨泼青黛
清风徐来，花香蝶舞
泷珀花园，楼台玉阁
自有王者风范
风骚韵曲弹奏春花秋月
凤凰木下
山湖，墅居，翠鸟
华贵，典雅，高尚
吹拂的晨曦如天籁
琥珀孪生出的泷珀
碧玉汝成如天上掉下来的红宝石
君住花园泷珀
轻荡一池碧波，淡染山水一色

龙湘预制构件

逢山开路，遇水架桥
天路、高架、管网
筑造龙湘预制构件
助你路通水通，融通四海
一桥飞架南北
湘江、珠江、岐江
山水相连，海绵城市，城乡一体
路路通，财路通
广东龙湘预制构件有限公司
三湘智谷，投资美丽中山
落地大湾区，福缘香山湘
守正创新，蜚英腾茂
五桂山与花山岭
我们依山而居背靠背
争取预制构件的中山龙头企业
龙湘，未来可期

溪林居

溪涧的鱼
在山水画里鲤鱼跳出龙门
林中的鸟
挂在青黛水墨丹青的花枝上
久居闹市的我们
选这块净土高山流水
闻听鸟语花香
相聚在溪林居神清气爽
思绪心平气和在五桂山的绿水青山中飞驰
天然的氧吧把肺清洗一遍
呼吸的空气尤为甘甜
溪呼吸，林距离，居适宜
我与大自然亲密接触
在五桂山大尖山露营公园
归隐山林，守望一片乡愁
溪林居是我梦中的世外桃源

香山茶园

将春秋拥抱
掀开一泓泓绿波，有座茶园
绿色是大地的底色，茶叶是绿色的珍宝
那就是中山大尖山香山茶园

茶煮江湖叶妙清
香沁四方玉泉流
一片片，香叶芽尖
一杯杯，茗茶氤氲

高山流水，茶道高深莫测
在慢慢泡，在细细品
人生百味。端源茶文化——
骨头很软，骨髓很硬

琴棋书画，诗酒花茶
人生八大雅事，香叶嫩芽
香山茶园，五桂大尖
比大尖山更尖，比大香山更香

蛭肽康

春生阳归，水蛭每到春暖即活跃
我一不小心踏入，位于五桂山大尖山下的
蛭肽康华南水蛭产业园
大棚里一箱箱养殖的水蛭把我看得心惊肉跳

对水蛭遐想的记忆——
是故乡的那片稻香，延绵千里万里
泥巴里的那双幼嫩的腿，一条条蚂蟥
我惊恐的哭声，拔腿而逃，走出大山，走出田地
一路一路，风风雨雨，阴晴圆缺
岭南的沧桑把生活磨炼得满目星河

辗转时间的经年累月，生命的长度在岁月里慢慢缩短
极像那马鳖的伸长收缩
变老的心肝脾胃肾五脏六腑在发生生理基变
流畅的血管被淤塞、粗糙、硬化
易经的阴阳八卦和经纬相克
在传统的中医药葵典里发扬光大
破血、逐瘀、通经，归肝归阳归真

五桂山大尖山下的那四十多亩氧吧田园风光
一片片黑压压的水蛭在繁殖生长
一条健康产业链迎着朝阳喷薄而出
“蛭”同道合，勇往直前，前景光明
蛭肽康（广东）生物医药科技有限公司
广东水蛭中医药研究院
蛭肽康华南水蛭产业园
产研发一条龙蓬勃发展
关爱生命，呵护健康
蛭肽康，扬帆起航一起向未来

攀登大尖山的勇者眺望无垠的天空
我步步生风心旷神怡
看到远处消停香火的寺庙立在山峰尖上
成了绿水青山美好生活的永久纪念
我已把蛭肽康的诗行
写在健康快乐运动登山者笑脸的春光里

康彩照明科技

你是一束光
在黑暗中点亮人类的幻想
伴舞的都是月亮和星星
路灯的炽热
沿着人们熟悉的轨道滑行

河源客家汉子谢伟雄
从万绿湖飞出来的萤火虫
带着光雄踞在西江边的古镇
光筑伟梦，点亮价值
时光隧道，光速时代先锋

康彩照明的宏图正在高质量发展
夜空中那颗最明亮的灯火
活出健康，活出精彩
起步于古镇，崛起于小榄
光耀神话大地，灿烂辉煌

东成红木

双木成林
霞光灿烂的日子
东成西就
你是云中的红石头
从中山大涌生根发芽开枝散叶
落在梅州五华的大地上
匠心张锡复
三十年周而复始只干一件事
用心雕刻幸福时光
初心实现国富民强
东成品鉴，红木品质
拥有一套东成红木家具
东成，东盛
人生干什么都成
日子过得火红火红

开普电器

三山五岳
九五之尊
你从祁东而来
湖湘是你的风骨
创业是你的追风
勇毅是你的拼搏
白手起家
建百年老店
华夏生威
开普，开普
开创未来，谱写辉煌

一言九鼎
久久为功
你扎根于中山
东凤是你的福地
智慧是你的天赋
创新是你的智能
凤凰涅槃

建电器品牌
华夏扬名
开普，开普
开创未来，谱写辉煌

朝朝向上

星达兆华园，书画吟诗酒
在中山市东凤镇和平大道路 99 号
弯弯绕绕从东往西穿越大半个中山
去福哥私厨喝“朝朝向上”
朝朝向上是一款 30 多种中药浸淫的高端养生酒

酒入百味，百味人生
想起在一场鸽宴上觥筹交错
初识极致之上小朝朝对酒当歌
弯月的山坡横挂天空的时候
微醺的海哥口齿留香，一半红烧鸽打包
说要带回出租屋喂可爱的狗狗
红红的脸，把补肾成分有枸杞的酒猛喝几口
我知道他的狗狗是对爱人的一种尊称

天上的云雨起不了风
月亮高清，一群诗友风月无边
秋夜在酒精的催化下朝朝暮暮
真爱在灯红酒绿中显得如此高贵

邻里佬湘

我开车在中山一路人民桥上
对着手机百度地图大喊
“小杜小杜，邻里佬湘”
“为你推荐邻里佬湘专卖店，邻里佬湘沙朗店”
远亲不如近邻
寻乡间好食材
忆邻里好味道
风味传承，湖湘经典
舌尖上的味蕾像初恋
去邻里佬湘呷湘菜
一生的好味道

地球湘

湘，是湖南的简称
湘人、湘军、湘菜、湘资沅澧……
吃得苦，耐得烦，霸得蛮
印证了湖南人的精气神
“天下只要有一个湖南人，中华民族就不会消亡”
湖南人撑起了整个中华民族的脊梁
岳麓山书院的对联
“惟楚有财，为斯为盛”
彰显了湘楚大地千年的文化自信
牛皮不是吹出来的
色香味是爆炒出来的
地球湘
其实只是一个
呷得辣，记住乡愁
展示八大名菜之一
湘菜的一个品牌
湘味、香味、乡味
自然新鲜，湖南滋味

东凤小院

红袖添香
大红灯笼高高挂
东凤小院人家
倚门而望
天凉好个秋

秋高气爽
东凤小院开张大吉
炒个辣椒炒肉
烹个剁椒鱼头
三五知己湘菜香飘

兜兜红透一片温柔
嫩爽辣软劲香
火红温暖东凤小院
辣辣的味道
满满的乡愁

互丰红木家具

金木水火土
互为融通
互为丰盈
木是最通人性的
“禹敷土，随山刊木，奠高山大川”
我们的祖祖辈辈
衣食住行与木为伴
生生息息

互丰，是一个互相成就的平台
缔造经典，奢华高雅
一个团队意气相投
“有苦同受，有福同享，共同实现自己人生的美好理想”
结桃园于木
把互丰平台做成你我他共享共赢的丰收平台

诚信，品质与人品
骨子里浸润着湖湘文化
“宜居，宜业，宜家，专注红木文化”

供应链、产品链、服务链高效互通
三个湖南郴州宜章人
把红木文化与客户融洽为丰满一家亲

广东奥菱电梯

万丈高楼平地起
创业图腾从底坑爬出来
耸立于中山南区国家级电梯产业基地
我就是我
我就是奥菱
匠心独运，别具匠心
像一尊如来神
渡人，渡心，渡自己

安全人性化体贴实用
匠人心，电梯梦
齿轮流转托起幸福指数
如芝麻开花节节高
心的终点永远是脚的起点
鸟瞰世界，更上一层楼
敢与天公试比高
足行天地
奥菱助你

高美佳

山河入梦，龙山巍巍，涟水滔滔
追梦少年，耳熟能详军工科技神奇
走过那段青涩的岁月
技校毕业，三一重工实习
技术是迈出人生第一步的良方
扎稳他飞翔的方向
南下淘金，中山奋斗
锻造出样样精通的十八般武艺
能工巧匠

创业梦想，五桂巍巍，岐水涟涟
踔厉笃行，五金制造业起步创造传奇
广袤的原野拥有无限的矿藏
厨卫配件，敲响锅碗瓢盆交响曲
品质是一张通向矿藏的通行证
定位战略的制高点
革新创造，方圆智慧
高美佳，高质量，高智能
一起向未来

初心不忘，商道巍巍，诚信诺诺

品质卓越，高质量发展，行稳致远，书写珍奇

高美佳成就于立足市场品牌制胜

信誉有情，基业长青

拼搏是攀登人生理想巅峰的座右铭

筑建他的商业大厦

言必行，诚必信，专必精

严而有度，革而有方

追求

在时空中铺遍世界

广东超人节能厨卫

远古，洪荒，文明
世界，太阳，火焰
燧人氏钻木取火
人间烟火味，最抚凡人心

生生不息的火焰
薪火代代相传
发光，发热，闪烁万丈光芒
温暖人间
焰心、内焰和外焰
上九天建筑空间站
下五洋丝路连接世界大同
踔厉笃行，众人拾柴火焰高

超人把生活的火挑旺
日子过得越来越红红火火
炊烟袅袅氤氲大江南北
生活就是柴米油盐酱醋茶
五彩缤纷的世界赤橙黄绿青蓝紫
永不熄灭的火种
点亮太平盛世，国泰民安

皇鼎新能源

阳光下的音符，在房顶的栏板上舞蹈
而热情却积聚于硅晶的内部
能量裂变，风生水起
掌灯，以爱的密码向世界散发

光明与温暖的前景，举着天涯
人类的智慧更加丰盈
碳达峰、碳中和、皇鼎、房顶、顶层设计
皇鼎新能源，勤奋、诚实、专业
手握前沿科技的钥匙
投资，建设，运维
以一言九鼎的稳健
打开新能源的宝库
成为光明的使者、能量的巨人

山河大地是舞台
分布式光伏电站是主角
让企业增值的光
为中国式现代化建设赋能

中山娄商篮球队

你从湄江划过来
你从文塔漂过来
你从大熊山飞过来
你从波月洞投过来
激情、澎湃、沸腾
我们一起摸爬滚打，投、投、投
百发百中，奋勇争先
三分天注定，七分靠打拼
星斗月移，篮球篮球我们的篮球
抱团成长，众行致远，我们一起向未来

山水相连，幸福之源
双峰争雄，新化开智
冷江水暖，娄星氏星
青春舞动，商海搏击
激情，澎湃，沸腾
我们摸爬滚打，投、投、投

百发百中，奋勇争先

一分定乾坤，九分靠打拼

日月星辰，娄商娄商我们的娄商

抱团取暖，久久为功，我们一起向未来

敏学教育

读万卷书
行万里路
孜孜以求
拳拳之心

敏于行
学于思
筑起根基
开启巧智

雷厉风行
知行合一
学习成长之路
敏学教育一路伴你

思锐光学

湘中，湖南的中部
涟源市的桥头河
那山灵水秀的地方
仙女寨峰的神韵
酝酿出奇杰
自主创业
凤凰涅槃
在中国南海珠江口的中山
桂山岐水滋润
制造出奇迹
它的名字叫——
思锐
带着思者的王气
锐意创新
与莱茵河相交出结晶——
高端摄影器材
民族光学品牌的荣光

山一样的脊梁

水一样的精灵
思锐董事长李杰
从湘潭大学毕业南下
用双脚支撑着思想
用知识武装着创意
研发出三脚架产品
利用德国柯勒先进的光学技术
进军光学领域
与尼康、佳能、徕卡较量
撑起一片独特的风景
实现梦想和价值
秦皇铸百剑
思锐锻品牌
把湖湘文化的霸蛮
把中山智造的霸气
唱响国际舞台

周氏神龙

你从湘中大地走来
带着追求和梦想
创业的激情始终未改
多少艰辛多少努力
多少风雨多少兼程
在岭南这片充满机遇与挑战的热土

你用真诚书写属于自己的未来
一路坎坷一心追随，一路拼搏一心坚守
初心是你永远不变的情怀

从手艺到工匠，从加工到制造
从生存到发展，从前行到跨越
你用智慧锻造了内心的挚爱

责任点燃你的精彩
你用勤劳的双手回报家乡
构造了一个属于时代的品牌——周氏神龙制造

嘉都绿色食品

你是秋风里的相思
一粒粒饱满金黄
糅合出水芙蓉的清纯
细腻肥嫩的质朴
方方正正，天圆地方
犹如母亲温润的乳汁
两千多年的味道
此物只应天上有
嘉都豆腐是名汤

素礼坊只做健康豆腐
刘安的第七十七代传人刘轶群
朝朝只与磨为亲
碾出一团真白玉
嘉都豆腐，轶类超群
十年打磨一个品牌
百年打造一个老店
女人是水
男人是水做的豆腐

堡马服饰

掀开起你的九层罗纱衣
冰清玉洁婀娜多姿
丰腴圆润雍容典雅
东方维纳斯的风韵
意大利时尚爆发出无限的激情
像盛唐一样人靠衣装
霓裳羽衣肌骨体香
男人的格局　女人的气质

堡马服饰精品人生
根植于你的九天伟岸松
男人的精气神
像宝马一样佛靠金装
一场夏雨风流倜傥
活力四射酝酿的琼浆玉液
不知要灌醉李白多少场
“云想衣裳花想容，春风拂槛露华浓”
方能吟咏出痴迷嗔狂的诗行

1 号饭堂

——致王俊勇

仓廪实而知礼节
衣食足而知荣辱
疫情三年
还敢逆风而行的勇者
就只有我们俊哥

王者归来
锅碗瓢盆，油米柴盐
1 号饭堂在东升裕隆八路开业
湘人王俊勇继蹭饭妞妞
又在餐饮业点燃冬天里的一把火

乡下菜，家常做
温暖着四季如春的南方
欢迎常回 1 号饭堂
拉拉家常
尝尝家乡的味道

中山凯珍·贵州珍酒香山体验馆

神奇酱香，酝酿贵州美酒
中山凯珍·贵州珍酒香山体验馆
赤水河独特的花果香沿珠江南下
落户中山南区香山天地
珍酒，青酒，鸭溪窖……香气四溢
因为珍贵值得拥有
美丽人生，醇厚丰满
孕育着小康生活芬芳的酒酿

“人生得意须尽欢，酒逢知己千杯少”
穿越千年唐诗宋词
酣畅淋漓，人生如酒
喝杯青酒，交个朋友
在中山凯珍商贸
认识方妃山，交一生真朋友

鸟语花香园林农场

走在民众大沙田水乡
在一个叫“鸟语花香”的园林农场
我在益品茶仓认识洪哥
一个被普洱茶同化的男人
喝酒、品茶、呷辣椒，植树、养花、种草

一间小屋，三百亩绿林
与一片树木对话，与一群鸡鸭调情
小桥，流水，鱼塘
瓜果，花卉，苗木
人欢鱼跳，鸟语花香

来，月亮、星星、人影
与大地为舞
去，抽个烟、喝杯酒、饮口茶
兆，光阴友情以此计算
洪荒之力，花酒茗茶
人生巅峰也胜不过诗里田园

生活如浮云
你是红云，天空之城绚丽
鸿喜云集，羡慕人间烟火气
柴米油盐酱醋茶
悠闲自在，千年工夫相聚茶一杯
上山懂得怜香惜玉
都是陆羽对茶花最起码的尊重

幸福童年幼儿园

写意青春阳光飞扬
给孩子一片晴天
杨柳青青过安江
友谊长长久久
梅开香山格外香
幸运牵住爱你的手
福气满满
童趣天性天真
年少时光
幼稚园开心成长
儿时的快乐
园丁浇灌花朵
诗意人生次第盛开

坐感科技有限公司

举国欢庆，举国欢腾
欢迎太空站英雄回家
备之上坐，赐以贵座
护太空之子，健康躺坐
伴随航天功臣上天入地的第一把“坐骑”
来自中国革命空军之父杨仙逸的故乡

中山智造，坐感科技
为神舟十三号飞船“护航椅”
攻关半年研发，制造成功
以低重力领先
为太空站英雄保驾护航
从中山南头，到航天器，再到南天门
三点一线，构成此南、彼南、天蓝的立体绚丽

这是不是巧合，故事组合精彩历史
性能是一把标尺
标准是舒适、安全、适应
翟志刚、王亚平、叶光富

三位航天员亲身验证
环绕云天 183 天
经过玉皇大帝的金銮殿、太上老君的炼丹炉
以及嫦娥的后花园

高光时刻，神舟十四成功着陆
高质量护航陈冬、刘洋、蔡旭哲
神舟十五号费俊龙、邓清明、张陆坐过
坐感神椅，天地之间常去常来常坐

归来，阳光灿烂
雄姿，英姿飒爽
坐感科技，抵达灵霄宝殿
掌声和天籁，同时响起
天地琴瑟和谐

德苑环境建设

一个德字，就把城市的山峦载动
诚信是根基，稳如磐石
山有山的世界，水有水的风情
艺苑风生水起，草木风行诗和远方
事以文心雕琢
为世间楷模
讴歌一艘航母，杰作是一幅幅山水
让万物走向前台，所有风景
都成阅读的选本
打开它，就能见到
园林绿化，树木树人，家国情怀
设计的超前意识，从韶关到中山，从军营到地方
岐水滔滔，财源广进
一发而不可收，一响而黄金万两

民生银行中山三乡支行

民生带来福祉，生活需要民生
鹏抟鹍运，用风华正茂锻打牌匾

一头连接岁月，一头连接财富
用陪伴铺就致富的康庄大路
馥郁的四季以人为本
高瞻远瞩之姿彰显金融品牌
从唐诗里走来的十八子
鹏程万里，芬芳四漫惠及百姓
民生，民生，扎根三乡田园
像五桂山巍峨挺拔，如岐江水福寿绵长
美好生活，福禄寿喜
厚重的博爱细数着伟人故里幸福民生

金泰西餐厅

生活呈一片片状
在故乡玉水村
十七岁离开柚乡梅县的时候
朝着解决温饱的路
一掌勺
奏响锅碗瓢盆交响曲
扬帆起航，转辗珠海、深圳、厦门、中山
一技之长闯天下
刀法、酱料、色相、品位
火候。香飘万里
厨师之乡誉满南粤

一种生活方式的改变
牛排、咖啡、汉堡，开放
从西洋镜到西洋菜
从牛排到牛扒
演绎一个时代一个时代的嬗变
果木烟熏牛扒之父，粤味粤香
抛开小富即安奔小康

果乡木乡原乡
原生原态原味
几成熟，金泰西餐厅
连锁。高朋满座，品质赢得回头客

生活味，烟火味，人情味
西洋。力量和韧劲
山里伢子西厨师
烹调生活，煎烤岁月
坚持只干一件事
与牛扒打交道形成的牛劲
改变一生方向
烹饪艺术无止境，饮食文化
“没有最好，只有更好，因为前进的空间都永远存在”

（注：与赖汝和合作）

品牌的力量

——写给中山市企业品牌促进会的诗

一张口，一言九鼎
君子之言驷马难追
两张口，同心勠力
相知相交相敬如宾
三张口，众人拾柴火焰高
团队合作诚信共赢
品质，品牌，品位
一品走天涯，美好生活的样儿

五千年华夏，三千年中国
从华夏胎记到文明烙印
从商朝甲骨文到大国风范
燃烧岁月的青春和奋斗
中国企业，中国企业家
口口相传，一脉相承
创业创造创新创意
从中国制造到中国智造
品牌企业，品质中国，世界共享

中国人诚信赢得天下

品质是金，品牌是帆，品位是魂
金杯银杯，不如企业的口碑
香山古韵，百年老店，名企品牌
敢为人先的中山企业家们敢于创造品牌
先施百货，威力兴中，华盛华帝，简爱家居，霞湖世家
皇鼎新能源，壹加壹永远大于二
美誉度、忠诚度、品牌日，我们用心呵护
品味中山，品格你我他她
美丽中山，让高质量发展的中山品牌
永远在桂山岐水熠熠生辉

简爱集团

从一本书里读你，星空都陪你发光
照亮的红房子，以温暖为芯
把未来收进
从商海里读你，我看到一双手
温和的火焰，响遍了整个商海
简爱，简于形，爱于心
牵引，攀登，迭代，超越
向阳而生，向上而长
穿越万年的伊甸园
河源客家妹子罗辑俐，鲤跃龙门
带着夏洛蒂·勃朗特的《简·爱》
激情创业坚持不懈
幸福直通车缔造奇迹
简爱时光里，匠心，博爱
简爱速度，简爱现象
大爱于心，博爱于怀
简爱，让品牌的精神文化、市场价值长青

中山石岐口腔医院

在美丽中山，石岐的悦来南路
你一张口，笑靥如花，金玉良言春江水
健康的牙，是快乐的桥
走过中山一桥，你可见到石岐口腔医院
走进小榄院区，走进沙溪院区
一张口，齿白唇红冬也温暖如春
一片清香，笑口常开，石岐口腔
匠心齿科，只为中国好牙
让你微笑迎接美好生活
让你的牙齿闪耀智慧的光芒
幸福的门户，中山石岐口腔医院微微敞开
美丽的你，魅力无穷

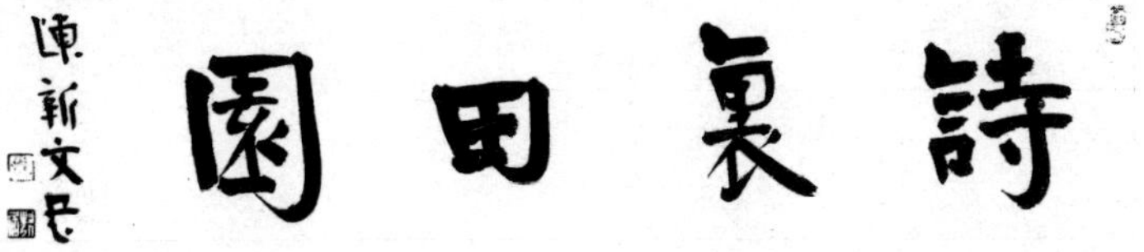

卷四　诗里田园

梦起伶仃洋，记住乡愁

深中通道横海而过

把春天的故事播种中山

绿水青山醉了乡村醉了乡亲

詹 园

江南的凉亭，岭南的周庄
楼台阁宇，鸟语花香
行孝行，传孝德，建詹园
征百名园林能工巧匠，历时五年
中山大宅门，私家庭院
百善孝为先
黄远新捧出一颗孝心
淡雅精致，让母亲颐养天年
蜿蜒的五桂山隐约
一斜夕阳从岐江河洒下
南台的粤剧婉转动听
北台的清溪细水潺潺
岭南人家的温馨
父慈子孝，母贤女淑媳慧
詹园的孝撼天动地
千秋青史传孝道
寸草丹心报春晖

喻见海诗画社

温柔了一个冬
春天的大地披上了盛装
人间烟火最美，华中科大中山珠海校友
花开的季节，有海风的地方
我打开了六月的心扉

彼此尊重彼此，牵手
把心郑重交予对方
六月，我们忘不了火炉的熔炼
走进流星花园浪漫满屋

最美的不是下雨天
是曾与你一起躲过雨的屋檐
最温暖的不是风花雪月
是曾与你一起焐热的双手
最浪漫的不是权力财富
是我们一起形影不离的师生同学友情

山川，河流，青青农场

浩瀚宇宙，桃红柳绿，你那片星空
像首朦胧的诗，红星点点
我那沸腾的心，澎湃激情
芳华一路花香鸟语
一生执子之手
高山流水遇知音

喻见海诗画社
这个夏，比太阳更火热
我们心心相印彼此相爱
温暖一生一世，爱你爱她爱我
珍爱永远无怨无悔
荷，着墨，挺立于榄边獒妈青青农场
歌，吟哦，畅快在乡间乐乐乐艺术团

金钟湖春语

月亮还在，清早在金钟湖行走
自由自在的空气多美妙
那片桃林红了
有蜜蜂在缠缠绵绵
木棉花开了，那是温暖的问候
人勤春早啊
沿十里绿道强身健体
一夜之间，柳枝也复苏了
金钟，一路诗意，情思邈远
带上最美的鸟语花香
还有清明湖水，鱼翔浅底
一些人，像梦中之蝶盛开
到处都是褪去了冬季的倩影
风景醉了，连大地和天空也是
春分不疾不徐，赶在空山新雨之后
绿水青山
醉了乡村醉了家乡

库　充

从翠绿金黄
一个鱼跃就到你身边
我穿越釜涌船舶从丰盈到丰盈

你的传说比香山流传还悠久
青黄不接的口粮躺在饥荒的粮仓里
你的存在，库廪充实的划时代开始

感先民陈天觉夙愿
致富洗脚上田的农民
小康生活无缝衔接的城乡

一片安乐。你的世界
高楼拔地而起替代五谷丰登
凤凰涅槃，我寻觅着古朴厚重的乡愁

三溪村

我的灵魂在三溪村里游荡
思乡的情绪涨满，随着那袅袅炊烟
梦回故园，醉了心田
那儿时的味道，勾搭起胃里的酸
垂涎又三尺，抚摸着我的孤寂

我的精神在三溪村里放荡
江湖的压抑窒息，踏着那青青石板
三五知己，天南地北
诗情画意聊天，调侃起人生的轮回
漫漫归故里，慰藉着我的空心

人海茫茫，茫茫人海
什么是你的初心？何时是我的归期？
陶醉在风月夜里
那口酒、那株红、那份情……
潺潺溪水东流去，他乡就是故乡

大环村

穿过张灯结彩的博爱路
我从中山路直奔S形的大环村
再小的弯，也是环绕着故土的
再小的涌，也是缠绵着故乡的

古树、碉楼、庙宇、院落
古井、小桥、流水、人家
村庄，生命的细纹和精神的驻守
牢牢定格在清澈如水的河底
雕刻一种深到灵魂里去的透明

生活的环，一环扣一环
我不知道中山还有小环村否？
但我知道大环的名气响彻云霄
飞将军张惠长长了大环的志气
文曲星吕文成滋润着大环的文化底蕴

我探访大环时天空突然下起了雨
一群白鹭在风雨之间展翅翻越

用心看雨，听雨有心
六百年历史岁月的大环似乎在告诉我
大道之上，《平湖秋月》是我们美丽的乡村
环林碧水，《步步高》是我们踔厉奋发的美好生活

濠　头

我彻底认识濠头的时候
是我心里默默责备自己的时候

由于种种原因
或忙于工作，或忙于生计
儿子从一中中考考出了一中
才知道中山火炬还有个濠头中学
从此三年我和孩子东奔西跑
一起走这三年的求学路

转眼十二年过去
当儿子告诉我要和濠头姑娘结婚的时候
我突然庆幸
生活的路条条大路都是幸福的路

如今，儿子与濠头姑娘生出的小牛犊
牛过后更牛——虎虎生威，豪气冲天

仙踪龙园

从春天出发
我在寻找龙的精神
顺着百花仙子的芬芳
在有仙人踪迹的地方
在翠绿的五桂山山麓
我寻觅到了仙踪龙园这片乐园
有阳光，有芭蕉，有仙人掌
还有那潺潺流水的溪林

绿水青山
仙踪龙园
一对夫妻把财富
洒在了大自然
不问收获，只管耕耘
把巴蜀的风情种在岭南
量天尺，火龙果，山水豆腐
仙人掌文化，心捧着佛，龙缠着龙
心系着社会，情怀苍生
农业生态文化永远是他们坚守的初心

碧绿山庄

秋天的枫叶
像灯塔的火炬
云蒸霞蔚的蓝天下碧绿
绿水青山就是金山银山

一块净土
宛如世外桃源
远离喧闹的城市
美酒咖啡，鸡鸭成群

半城月色三五知己
寻觅故乡的山庄
奶茶、酒馆、农庄、露营
留一半清醒留一半欢乐

我在碧绿山庄
眺望天空，拥抱自然
梦到了我的伊甸园
梦到了魂牵梦萦的美丽家乡

左步村

向右走一步
跨过爷爷走过的桥
翠亨村成就了中山路

向左走一步
跨过父辈走向黎明
我们走对了自己的路

向前走一步
跨过今天的所有
美好的梦想都在未来

向后走一步
跨过人生的昨天
后退也是一种进步

去左步走右步
稻谷飘香变花样
小康路上音乐起

城乡齐欢醉

去左步走田坎
稻田边上撒个欢
来年春播肥丰年
幸福新时代

马鞍岛

战马已离开了鞍
钢管已拴牢了海
伶仃洋的风口浪尖
马鞍岛与前海架起了彩虹

比山还高的中山
对标比海还潮的前海
一个岛的风云
用一座桥聚堆大海的赋能
深中通道直挂长虹
春天的故事再一次启航

把海的航标明确
把路的灯塔挺立
把人的信心凝聚
马蹄声声切，鞍背牢牢拴
南沙、前海、横琴、广深港澳的同心圆马鞍岛

一条直径把大湾区划出一小时生活圈
山海路桥景，天海一色
离海最近，离太阳最近
离希望和梦想就最近

崖　口

中国农民丰收节
我站在珠三角最后的“人民公社”
中山南朗的崖口村
燕子衔泥的出处就是我的故乡
稻香醉在那里长出的就是我的乡音

崖口哟崖口，你是一个时代的胎记
正统农耕文明的传承
崖山的海水漩涡倒灌成的港湾
围海造田镶嵌发出稻谷金浪片片
丰收的喜悦温饱滋润哺育一代代渔民

鳞次栉比的城乡日新月异
留白的崖口倒退也是一种进步
那片美丽的田野乡村
乡亲们的日子越过越火红
服务“三农”我们永远在路上

卷起裤腿与农民兄弟一起劳动

挽起袖子和农村姐妹一起高唱咸水歌
泥土的芬芳总让我们记忆犹新
崖口，鱼儿和水儿畅流的咸淡水处
乡村振兴幸福的日子是中山的小康生活样本

民众水乡

南瓜、甘蔗、香蕉
扁担、箩筐、锄头
阿伯、阿哥、阿姐
鸡鸭鹅唱鱼欢跳
阿妹哼起咸水歌
政府的官员搞推销
村里的书记守摊位

丰收的季
金秋的日
在国庆节
我们普天同庆
办起乡村旅游季
大沙田幸福的日子
甜蜜蜜

放假的学生哥学生妹

田间搭起了网络
把水乡的土特产
京东顺丰圆通
给世界人民尝个鲜

新平，正青春

沙田，古朴的新平
水乡，古色的新平
蕉林，古香的新平
中山，民众，新平，“四最”精神鼓舞着一代代青年

战天斗地，入泥堆出万亩粮仓
你追我赶，水乡巨变壮丽诗篇
敢于吃苦，青年突击朝气蓬勃
最积极，敢教日月换新天
最有生机，青春之歌不负韶华
最肯学习，科技种田改变面貌
最少保守思想，奋斗者敢为人先

正青春，最新平
薪火相传，以梦为马
为革命时刻准备着：突击，突击，突击
乡村振兴的青春赛道
建功新时代，奋进新征程
新平，最青春，我们，正青春

十三顷水闸

在冲积平原板芙四联村
秋爽的中顺大围
我装成网红
在十三顷水闸打了个卡
蚝气味十足

一段围堤几多汗水
经年岁月几多沧桑
出船的海宽又广
收网的鱼活又跃
渔村水乡的生活多么美好

朝霞、正午、夕阳
白鹭、蜻蜓、鸭鹅
日出日落，潮涨潮汐
面朝大海，春暖花开
美丽碧绿的西江风景如画

一排排海鲜水产

一蔸蔸农家菜蔬
把堤坝打扮得炊烟袅袅
喜欢美食的四乡百姓络绎不绝
我手脚不停地用手机
拍摄记录着诱人的香山十三顷

丫髻山

十二月的冬阳
洒满暖暖的山路
一垄一垄层层叠叠的菠萝
生命力很旺盛

生活有时要找些高度
走些坎坷，走些曲折
骑爬在丫髻山的弯弯小径
我们如凤梨一样滚石上山

翻过风龙坳脚踏山顶
俯瞰一马平川
脑洞大开
心旷神怡激情如大海

夕阳无限好
我等凡人很庆幸
上山有千条路
入地却无门

神湾竹排禾虫

冬补补
站在竹排
眺望滔滔江水向东
神仙居住的地方
味蕾上那条弯弯曲曲的禾虫
沉甸甸的丰收刚割
吃什么补什么
蘸点酱油拌点朝天椒
这个暖冬
我们一起去神湾吃禾虫
迎接来年的龙腾虎跃
是龙吃进能腾云驾雾
是虫吃进可变成龙

平澜里

六月的风
穿梭在热火朝天的坦洲快线
一股乡愁袭来
把天南地北的新中山一群文人
醉在三乡找到原点平南
老屋、祠堂、菜园、炊烟
兜兜转转，寻寻觅觅
我们品味着岭南水乡的原汁
村口篮球场上
一群活蹦乱跳的球星
朝阳酷热
我坐在平澜里
面对美景美色美食
谈天说地，吟诗着墨
波澜不惊

大布村

六个小村组成的大布
显示着“六六顺”的哲学
东安、中安、西安、新村、沙岗和平湖
难怪有“中山小延安”之美称
这六个村就如那延安窑洞里的灯光
点亮着三乡大地
那块丝绸质地大布缝织成的美好生活
鼓起了富裕起来和富强起来
新时代农民的“口袋”与“脑袋”

雍陌村

中山职工文学采风团
从春天出发
来到美丽雍陌村
从乡村振兴睁眼看世界
古老的蚝壳墙催春木棉花含苞欲放
走在沙田纵横交错的乡村小路上
沿着岐江悠悠岁月
我要到美丽的乡村去
我的美丽乡村在发生巨变
变得青山绿水、美丽富饶、诗意盎然

经济强市，文化兴城
乡村振兴文化引领的春风
雍陌村坐落在雍雅阡陌绿色希望的田野
从郑子纲到郑观应
乡村振兴，一代代先贤，千年致富强国梦想
青石板上走出的岐澳古道
浸淫着黄河长江文明的力量
珠江水把五桂山大地原乡的根脉

烙印在黄皮肤的筋骨里，心坎里
极像这雍陌村的卵石蚝壳墙诉说着经年的沧桑和倔强

乡村振兴看文化
中山路赓续延伸出来的兴中道，深中通道
连接着深圳通向更加宽阔的蔚蓝色海洋
“不走回头路!”
一个空旷的声音
在广袤的天空响彻云霄，久久回荡

古　鹤

八百里秦川
快马加鞭随雁南飞
赵佗百川入海四海归一
燕叼着大秦江山版图让南越归顺
从玄鸟嘴里寻回来的乡愁
古鹤，八百年历史的文化古村
雀儿在山林、田野、海岛栖息
茫茫伶仃洋
九加二十一城市诗人仰望大湾区天空
从远古诗经，到唐诗宋词吟哦
寻找一个冬月石板路上走丢的孩子
一群白鹤欢聚东街里
呼唤海那边的兄弟姐妹，归巢
一年，四季，十二月
只等正月里，蓝鹊和戴菊腾云驾雾
穿过海峡归来团圆
百鸟朝凤，图腾

喜乡田探营地

儿时的伙伴，玩耍的乐园
荡秋千，过家家，玩泥巴
在中山沙溪圣狮村
喜乡田里欢歌笑语

灯笼，火锅，姜茶
几粒板栗，几颗花生，几个红薯
还有那铁牛拖拉机
唱着乡村振兴欢乐的歌

种菜，垂钓，游戏
一家融融
农趣天真，田园风光
记住我的家乡，记录我的乡愁

大尖山

大尖山，踩在山径上
山高不如脚板高
人。顶天立地

迈左脚，提右脚
一步一步青云直上
绿的叶子，绵延的石阶长满青草
溪流婉转唱着妖媚的歌
爬山的人喘着粗气
汗水滴落在青石板上无声无息

狮头山的风口嗖嗖
观音庙偶尔冒着香火
活动的人是地上移动的影子
诡异的云端，有个天外天

沙口渡口

三基六水一分田的中山
靠“旧路”拖出疍家人的幸福生活
百年历史的沙口渡口
俗称小榄水道的“鸡肠滘渡口”拉出香山文明
从木船划桨到机动渡车船轮渡
挑夫、船翁和水上的脚步
连接着东凤与小榄的筋骨精神

历史沧桑　凤凰涅槃
小榄水道一条条大桥如彩虹飞架南北
两岸高楼大厦鳞次栉比
日新月异的变化小榄东凤换了新颜
留得住青山绿水就是岁月美好
留得住渡口就是记住乡愁
江山就是人民，人民就是生活
一号码头的东凤沙口渡口
脱胎换骨变成了新时代的民生渡口

守望河流文明

就是守护我们的精神家园
渡口轮渡的保留
成了乡村文明一道流动的亮丽风景线
凤巢湾创意小镇灯红酒绿
熙熙攘攘的善男信女酣畅淋漓在享受美好生活
镇安社烧得发黑的香炉旺旺香火
慰藉着来来往往的过客
渡己，渡他，渡人

南　下

夕阳西下
我在太阳落山的南下市场街道
记录市民的忙碌
生活的模样
油盐酱醋，柴米油盐
改变生活的状况
甜甜的甘蔗、游戏的孩子、好运的当头
鲜脆香，酸咸辣
人生百味，市井百态
微笑面对
是我们永远的态度

渡　头

风吹出个口子
晨光与碧水连天
美如一幅山水画
在渡头的船靠岸时
日长夜久变成了停泊的码头
从此，总有一双牵挂的眼
站在坤木桥头相望
要么送你远行
要么迎你回家乡

左步书屋

“文脉的赓续是推动社会文明发展的不竭动力”
参观中山飘香在田野上的小康样本——左步书屋
我在诗的开篇写下了这一句话
一个城市的文化底蕴，阅读是这个城市的厚度
乡村振兴战略的高度决定着乡村文化振兴的力度
从“万般皆下品，唯有读书高”到“知识改变命运”
中华乡村文化走过了一条复杂曲折的路
我脑海里出现了孔子周游列国的讲学场景
我脑海里出现了《诗经》里描写劳动人民欢乐的场景
我脑海里出现了祖祖辈辈“面朝黄土背朝天”的场景
我脑海里出现了“采菊东篱下，悠然见南山”的场景
我脑海里出现了“努力向学，蔚为国用”的场景
我脑海里出现了“为中华之崛起而读书”的场景
我脑海里出现了“好好学习，天天向上”的场景
我脑海里出现了20世纪80年代“洗脚上田”改革开放的场景
如今过上小康幸福生活的农民又“洗脚上田”
“富了口袋”更加要“富脑袋”
他们在农村广阔的田野上建起了书屋

他们在明亮宽敞的书屋中遨游知识的海洋
他们是奔向美好生活的中山小康左步样本
左步书屋佐证了一个乡村阅读的几何价值
正是我们新时代实现中国文化自信的乡村振兴样本

高桥岭那片蕊叶

发新芽，吐蕊叶
我在晨曦中采撷那一片云
天空中飘落的雨
滋润那漫山遍野的翠绿
山峦起伏，春情化水
美丽的采茶姑娘
点缀安化高桥岭上的春艳
纤纤玉手，白里透红
凝聚成安化黑茶
品茗人生
抒写成美好生活的诗行

桂南村

桂花开满大地
一拨拨装点人间
花开花落顺其自然
看一朵刚开的花
怒放，似锦，鲜艳
怜惜一片刚谢的瓣
凋零，残美，蔫蔫
也许它的蕾蕊
在南方之南
已结了嫩幼的果
挂满星星
抑或掉到地上
与泥土为舞
化成尘埃肥沃万物

中山青青农场

青青的山
青青的树
青青的菜
青青的草
伴随着青春的你
和回忆青春的我
玫瑰花一丛一丛开得正旺
后山的鸡在飞
水中的鸭在游
几只笼中的兔子
洁白无瑕
榄边小学琅琅的读书声
犹如劳动的号子
把这寂静的山村
喊得青春激荡
一群诗人坐在一起
遨游生态农场

菜园里

菜园在屋角，春夏秋冬
耕种喜乐，绿油油一片
妈妈的味道，父亲的脚印
我和狗狗的迹痕

菜园里用竹木隔成篱笆
挡住鸡鸭鹅猫的捣乱
豆角、茄瓜、辣椒像老爷子长着胡子
姜、葱、蒜、马铃薯像大姑娘在地里怀孕
一条条南瓜、冬瓜藤爬向四方

一场雨，一场霜，一场雪
母亲的锅里变化着花样
给我们无限的力量
像蝴蝶一样飞向天空大地

田心公园

一山一水半分田
春雨淅淅
我站在翠绿的五桂山半腰
鸟瞰一个叫田心的村庄
听到了往昔田寮悲壮的歌
品到了今日田心蜜般的甜
美丽的田心森林公园鸟语花香
通往幸福小康小径旁的老树
长出了翠翠的嫩嫩的新叶
半山听雨田心甜
这个广东省革命老区村庄
成为乡村振兴的样本
像个天然大氧吧
吸引着四邻八乡的客人
走村串户

磨刀岛

我禹部落纵横捭阖定九州
那华夏大地刀剑挥戈
用三山五岳当擂鼓
在天上落下的陨石上磨刀霍霍
砍下高贵或低下的头颅
一统江山流世到南宋
五脏六腑黑心白肺的锥痛
崖山那落魂跳海的幼帝
屈辱的浪花溅泪成屿
刀锋一路从北到南
锉钝在伶仃洋的海石上
卧薪尝胆热血熔锻的磨刀门水道
我父亲的父辈血气方刚
大刀向鬼子们砍去
让倭寇碎尸万段尸骨无存
连孤魂野鬼也烟消云散
如今的磨刀门水道
像万花筒千帆竞发百舸争流

圣狮村

当我在福田酒楼抓起两个寿桃的时候
“峰下草根”使劲在圣狮村头的美食店
很男人味地搅拌着艾叶
桌面滚动的鸡蛋和馅料
经过外来媳妇梅儿灵巧的双手
糅合出酸甜甜咸淡淡的田艾包
让人饱受口福
直爽心田的“鸡灵汤”
“百灵鸟”歌唱如何管住老公的胃
“老粗布”调侃怎么搂暖老婆的臂
“十五的月亮”说把嫩鸭打包给老婆尝尝
淑女不紧不慢给老公拎回剩下的“白切鸡”
夫唱妇随的爱情婚姻进行曲哟
圣狮村牌坊上刻的“期颐偕老”早已成经典

宫花村

零度以下，结晶
过程，时间飘移
生与死，淀积
棱角凹凸，锋芒毕露
昙花一现终将
化水归大海
六角形空灵缥缈
第六感茫茫一片

榄边茶东

人间四月，踏青榄边茶东
牡丹花开得艳丽
青草长得疯狂
古树在油画衬托下
郁郁葱葱。那些乡村
明清群祠，千年乡风
那些青石檐梁和蚝墙
是岭南水乡的一道又一道雕刻的乡音
在美丽幸福小康的小村
漫山遍野，还有茶花开放

青青农场
看一朵一朵玫瑰花，一垄一垄青瓜架
后山，一群鸡在飞
水中的鸭在游
隔壁院墙，榄边小学琅琅书声
飘过屋顶的白鸽
此时，几个诗人在绿树村巷
漫游

长命水

折了一只又一只的千纸鹤
说了一遍又一遍的谎言
点燃的蜡烛，两水桶的祝福
还有等了一年又一年的那句话
彼此一直憋在心里不开口

今夜我无眠
成年人的游戏，与爱情无关
慰藉孤寥的嘴、手、青苔和器具
长命水，在记忆里拉长了
你离开家乡那口井的这个冬天

跋：身居之境，借诗以歌之

——话说夏志红新诗集《中山诗歌地图》

婺　妈

新冠疫情改变了世界，再谈论诗歌总会夹杂着沉重和无奈。诗歌是真实的化身，时刻考验诗人的三观。凭借诗歌回馈生活，增添诗意栖居的时代精神、现实意义和艺术价值，见证了中山经济的发展和文化建设进一步融合，正是诗人夏志红打造这部诗集的目的，中山区区镇镇，可圈可点，几乎都被诗人涉及，完美诠释了地图的诗性。这种诗歌创作是一种意识提升，也是一种探索和突破，趋向更深入地展示地域特质，需要大无畏勇气和驾驭智慧的能力。就像捷克斯洛伐克诗人雅罗斯拉夫·塞弗尔特说："论诗歌太讲艺术性会导致矫揉造作，而另一方面太讲思想性又会失于肤浅，与诗无缘。"

夏志红用丰富的人生经验和写作知识，游刃有余地打造出一幅幅让读者深入了解中山的崭新图景，见证让诗意引领生活的意义。中山，旧称香山，是孙中山先生的故乡。古代香山是孤悬汪洋大海之中的一个岛屿，唐宋以降，人类活动增加，围海造田、沧海桑田，渐次成陆，南宋绍兴年间（1152）设立香山县，后来为了纪念已故国父孙中山先生于 1925 年改名为中山县。在民国时期，中山县又称中山模范县，有今日经济特区的影子，经济和文化的影响力，在全国县一级区域中无人可及。1988 年 1 月升格为地级市，是远近闻名的华侨之乡，是广府粤菜的发祥地之一，是广府文化的代表城市之一，是中国近代史中香山文化的重要源头，因粤剧享有曲艺之乡的美誉，是一座真正意义上的国家历史文化名城。

身处粤港澳大湾区，写诗必须要了解区域文化，俗称广东文化。而其根本是什么？是包容和融合。放眼 2000 多年前，任嚣、赵佗率领数十万被放逐的征南大军远征蒙昧部落时代的岭南，与其说是征服，不如说是开拓。“和辑百越”是赵佗治理岭南的精髓，也许从那时起，现实和包容就融入了岭南人的灵魂。历史长河中，岭南缓慢地成长，一次次一代代成为中原文明的避难地。岭南从来不是那些庙堂贬官幽怨牢骚的样子，而是无数代中原后裔热爱的结果。走遍广东各地，多少祠堂、门楣的楹联上留着“洛水”“陇东”“汾阳”等字样，这些都是唐宋时期中原文明的地标地点，代表主人的根源。如果问到坊间的主人，他会告诉你他的祖先是哪里人。如果你是一个来自中原的外乡人，主人会热情地同你攀谈几句祖先的话题，然后告诉你广东湿热气候的饮食和丰富多彩的民俗风情。不忘祖先的渊源，更热爱脚下的热土。夏志红就是一位这样的新岭南人，他的籍贯不是广东，但他领悟岭南文化的精髓，热爱脚下中山的寸寸热土。因为热爱，才能由衷地歌颂，每一句诗的背后都是真诚。身居之境，借诗以歌之。

这部诗集里所有诗作的共性当然都是以地名为诗心，不同之处则在于每一首诗代表一个升级版的导航系统。无论是用意识流的方式，还是口语化的白描，或是梦幻般的叙述，有许多处的陌生化手法让人眼前一亮，譬如：“**站在孙中山纪念公园俯瞰人大办公楼的先生/穿越那清风明月风清气正/接受人民监**

督和洗涤的天窗无限延伸”。（《兴中道》）。开阔视野很重要，诗人有一定的广度和深度的内涵沉淀，通过多年不间断的习作和美学设计，捕捉到了极具自我理解和掌握的表达路径，让读者看到了现实，又与现实保持着距离，对时代命运的诗歌特质把握精准，难能可贵。

2021 年中，我写过一篇短文《激情不会从他身上溜走》，是在读完夏志红诗集《花山岭》之后成文，没想到时隔两年，诗人又出版新诗集。需要何等的创作激情，方可从灵感中拣出一句又一句佳文，再汇集成诗海中飞溅的浪花。在诗歌的海洋，夏志红是我见过的不功利的纯粹写诗者，有“把生活过成诗的日子”的超强能力。作为文字创作人员，也许不能改变或拯救世界，但能写出三言两语深入到社会内核，触动灵魂的诗句，便是一种成功，夏志红做到了。我在中山工作已经九年，很多地名也是闻所未闻，直到阅读夏志红此诗集，终于知道了《烟墩山》《逸仙湖公园》《岐江河》《逢源街》和《尊仁里》等诗题目全是地名，我想他必是独自踏遍了中山的山山水水。

夏志红并没有简单粗暴地将本地题材做机械性写作，也不只是将地域的人文气息和自然现象直接镶嵌在字句中，而是通过使用自己的语感和语言提炼各个地点的妙趣横生或者刻骨铭心的特点，不深奥、不晦涩、不逊色，顺畅自然地抵达新诗创作的审视高度和人类命运的叩问，同时启发了其他诗人激活地方性题材的写作热情。如果说这是一种实效性的创作手段，那么就可名正言顺地说夏志红的诗歌地图是新诗的一种独特呈现方式，异质结构是审视地方性元素的成功探求法，大大提高了他的诗歌辨识度。我为他在多产的基础上实现更广度和更深度的蜕变而高兴，因这就是诗人执著追求的方向和境界。

军人出身的他，正气凛然，守正创新，印刻在我脑海的形象挥之不去。在《他乡是故乡》诗集首发仪式上，夏志红作为新诗集的主人，致敬所有到场嘉宾和文友，帅气的立正举手展示了一个标准的军礼。这个军礼正是推动他能用前瞻性的眼光创作与众不同题材的力量，是对现实和时代的深度回应，也可说是一个深情的注目礼。他的眼中满是辽阔的大地、灿烂的天空、蔚蓝的海水，每一首诗都涉及并融入了中山内容以及地域风情，阐述事实依据，证明生态活力。譬如一条家喻户晓的步行街：“光脚丫走在步行街道/也找不回心跳/和故乡的路”（《步行街》）。谁都可以去体验踏在步行街的感受，平凡又不平凡，成就了诗人笔下的精彩。

诗歌创作有作者血脉里无法排除的行文习惯，随着时间的流逝必然会产生相应的变化，夏志红用军人般的迅雷不及掩耳之势，给出了属于自己的行文风格：“用诗的语言与一座城市对话”，这是生命和生活皆以盎然诗意作为前提的抉择。他用诗歌证明了一方空间，无论环境如何贫瘠还是丰沃，恶劣还是良好，只要有人类，诗意的栖居就会延续。他打破固有思维和旧有模式，开启印证新路径的铺陈，这种实验精神需要发挥极致的想象，并与事实进行有机结合。譬如：“战马已离开了鞍/钢管已拴牢了海/伶仃洋的风口浪尖/马鞍岛与前海架起了彩虹//比山还高的中山/对标比海还潮的前海”。《马鞍岛》一诗的这几句，给我深刻的印象。

让新诗的火焰点燃人们对所在地更深切的热爱，这是夏志红在诗途再出发自觉赋予自己的新任务，他说过：“离海最近/离太阳最近/离希望和梦想更近”。诗言志，抒情又满怀希望的诗句永远都是观照内心和现实的强心剂。诗歌作为语言的艺术，一定程度上是有技巧的，诗人不会满足日常语言的单一讲述方式，譬如《古鹤》的首节部分：**“八百里秦川/快马加鞭随雁南飞/赵佗百川入海四海归一/燕叼着大秦江山版图让南越归顺/从玄鸟嘴里寻回来的乡愁”**。假如对诗庖丁解牛，一定能梳理清楚作者的文字组合逻辑和虚实纹理走向，从中获得作品呈现的营养成分和艺术需求。

从一名诗歌朗诵者的角度，我喜欢通过反复诵读作品来探究诗作者的精神面貌和境界高低，始终坚信诗的内核和人的内心无法分离，诗人是自己的咏叹者，会随外界变幻而思考人生，形成自己独特气质的风格。夏志红敢写敢言，极具诗人可贵的道德修养，并明显已成个人风格，甚至获得很多读者认可，而我却看见他并不满足，不满足目前的写作成果，努力地埋头创作永远的终极文本，角逐自我，盘诘自我，对话自我，这正是挣扎回归的人该持有的观念和信仰，好的诗人总能发现生活中的种种存在，而呼应对应的生命迹象和有趣灵魂。

夏志红是我在中山的友人之一，每次诗友沙龙，定得与其邂逅。有幸通过《中山诗歌地图》对他的日常镜像和现实创作可审视可吸取，并以拙文记录，倍感珍惜。

是为跋。

二零二三年五月十三日于中国香港

（獒妈，本名施维，字冰之。中国香港诗人，中国大湾区诗汇副主席兼秘书长，《大湾》文学双月刊主编，《珠西诗刊》常务副主编）